Sabine Kranich

Marie und Elias

Eine phantastische Liebesgeschichte

# Zur Autorin

Sabine Kranich ist Psychologin und lebt seit über 25 Jahren mit Mann und Tieren und Pflanzen im ländlichen Algarve in Portugal.

Bisher von mir erschienen:

**Das Quinta da Fortuna-Buch:** *Kulinarisches, Tierisches und Botanisches aus unserer Wahlheimat Portugal, ISBN 9783735724441*
**Susans Träume,**
*ISBN 9781537385334*
**Fenny, der Geist und die Eule,**
*ISBN 9783738609127*
**Miss Kitty, die Hundebändigerin,**
*ISBN 9783738636338*
**Moritz und der kleine Tiger**
*ISBN 9783746036533*

*Zusammen mit Dietfrid Kranich:*
**Die Welt in unserem Garten:** *Gärtnerische und kulinarische Erfahrungen in Portugal*
*ISBN 9783743143326*

# Sabine Kranich

# Marie und Elias

## Eine phantastische Liebesgeschichte

Bibliografische Information der Deutschen Nationalbibliothek:
Die Deutsche Nationalbibliothek verzeichnet diese
Publikation in der Deutschen Nationalbibliografie;
detaillierte bibliografische Daten sind im Internet
über http://dnb.dnb.de abrufbar.

Coverfoto: Lucy M. Laube

Herstellung und Verlag: BoD – Books on
Demand, Norderstedt

ISBN: 9783748151258

Der Morgen könnte nicht schöner sein.

Durch das Küchenfenster scheint die Sonne schräg auf den Bistrotisch und die beiden rot-weiß gestreiften Stühle, die der kleinen Küchenzeile gegenüberstehen. Die Kaffeemaschine produziert leise gluckernd duftenden Kaffee und ich kann sogar das Zwitschern einiger Vögel durch das gekippte Fenster hören.

Es scheint, als wäre der Frühling nun tatsächlich angekommen und hätte den Winter verscheucht. Obwohl der Winter in Südportugal wirklich nicht mit einem deutschen Winter zu vergleichen ist und bei wenigen Regentagen auch viele Sonnenstunden mit sich bringt, für meinen Geschmack sind diese wenigen kühlen Monate trotzdem eindeutig zu kalt. Ich liebe die Wärme, die jetzt mit dem Frühling langsam zurückkommen wird.

Es hätte also wirklich ein perfekter Morgen sein können, würde ich mich nur besser fühlen. Müde schlurfe ich Richtung Kaffeemaschine wie eine alte Frau und nicht wie eine lebensbegeisterte Mittdreißigerin. Hätte mich an diesem Morgen jemand gefragt, ich hätte bestätigt, mich tatsächlich eher wie eine alte Frau zu fühlen.

Doch was war geschehen? Warum war ich nun allein und unglücklich? An diesem Punkt angekommen, streikt meine Erinnerung, ich will mich auf keinen Fall damit auseinandersetzen, warum Tom

Schluss gemacht hat. Oder war es umgekehrt? Ich bin mir keinerlei Schuld bewusst und doch, wäre es nicht gut zu wissen, was dazu geführt hat, um die gleichen Fehler in Zukunft zu vermeiden?

Bei diesem Gedanken muss ich fast lachen, so ein Unsinn, welche Zukunft? Es wird ganz sicher nie wieder einen Tom in meinem Leben geben. So wie ich mich fühle, wird es überhaupt niemand mehr in meinem Leben geben. Ich kann schon froh sein, dass meine graue Katze Emily noch freiwillig bei mir bleibt.

Manchmal schweifen meine Gedanken doch in die Vergangenheit. Damals, vor zwei Jahren, als ich beschlossen hatte als selbstständige Übersetzerin auszuwandern nach Portugal, in dieses Land im Süden Europas, schien mir noch alles möglich. Ich war voller Energie und Sehnsucht und überzeugt davon, dass ab nun alles gut wird.


## Die Geschichte mit Tom


Tatsächlich habe ich bald nach meiner Ankunft Tom kennengelernt, diesen sympathischen, zärtlichen und liebevollen Reiseleiter.

Ich kann mich noch genau an den Tag erinnern, an dem ich ihn zum ersten Mal gesehen habe: Ich war zum Flughafen gehetzt und leider ziemlich spät

- ich erledige oft und gerne Dinge auf den letzten Drücker - um meine beste Freundin Monika abzuholen, die mich besuchen kommen wollte. Genau vor dem Flughafengebäude gab es noch einen freien Parkplatz und die Zeit drängte. Deshalb ignorierte ich das Auto vor mir, das mit Rückwärtsgang bereits signalisierte dort einparken zu wollen. Ich war einfach schneller und bugsierte meinen roten Opel Corsa vorwärts in diese Parklücke. Schuldbewusst erwartete ich ein Donnerwetter des anderen Parkplatzanwärters, doch der strahlte mich nur freundlich durch sein Seitenfenster an.

Darüber war ich wirklich irritiert, ich konnte zu diesem Zeitpunkt ja nicht ahnen, was sich Tom bereits bei diesem ersten Treffen dachte, „dieser jungen Frau mit den zerzausten Haaren kann man doch nicht böse sein".

Das Bild des blonden, freundlichen Mannes, der mich einfach nur fröhlich anlächelte, ging mir nicht mehr aus dem Kopf.

Ich schätzte ihn auf Mitte dreißig und somit gleich alt. Auch noch als ich durch die Flughafenhalle rannte, um im letzten Augenblick meine Freundin abzufangen, die bereits auf dem Weg zum Taxistand war und schon aufgegeben hatte auf meine persönliche Abholung zu hoffen, musste ich an ihn denken.

Wie der Zufall es wollte, als ich zwei Wochen später meine Freundin wieder zum Flughafen brachte, entdeckte ich dort Tom inmitten einer Reisegruppe, die er auf verschiedene Busse zu ihren Urlaubsunterkünften verteilte. Als er aufblickte, sah er genau in meine Richtung und da, da war es wieder, dieses sympathische Grinsen auf seinem Gesicht.

Wie es sich für eine richtige Liebesgeschichte gehört, führte eines zum anderen, das erste „Hallo", das erste gemeinsame Kaffeetrinken, das erste richtige Date und die erste gemeinsam verbrachte Nacht.

An diese ersten Treffen kann ich mich noch so gut erinnern, aber ich habe Schwierigkeiten darüber nachzudenken, was genau zu unserer späteren Trennung führte. In meinen Augen war alles perfekt, Tom hatte seinen Job am Flughafen und ich den ersten Großauftrag, das Übersetzen eines Romans vom Italienischen ins Deutsche. Beide waren wir tagsüber beschäftigt und freuten uns darauf die Abende und Nächte inklusive Frühstück gemeinsam zu verbringen. Normalerweise kam Tom immer zu mir zum Übernachten, mir war das anfangs nicht besonders aufgefallen, denn eigentlich war mir das völlig egal, Hauptsache, wir konnten unsere Freizeit zusammen verbringen.

Mein kleines Appartement hat mir von Anfang an gut gefallen, auch wenn ich es möbliert übernehmen musste, aber meine Vormieterin hat guten Geschmack bewiesen und alles in einem hellen, südländischen Stil eingerichtet. Ich war gern hier und gern auch zusammen mit Tom.

Erst ein halbes Jahr nach Beginn unserer Beziehung  beschlichen mich langsam Zweifel: „Wieso lädt Tom mich nie zu sich nach Hause ein?"

Er hat mir erzählt, dass er mitten in der Stadt und in Flughafennähe in einem Zimmer lebt und immer wenn ich nachfragte und sein Zuhause sehen wollte, erzählte er mir alles Mögliche, das mich abschrecken sollte: Es war schließlich nur ein einfaches Zimmer in einer Wohngemeinschaft und es war laut, weil das Mietshaus direkt neben der Hauptstraße lag, es war auch nicht schön eingerichtet und wir wären dort in keinster Weise ungestört, warum also dorthin gehen, wenn es bei mir doch so viel schöner war?

Mir leuchtete das zwar ein, doch trotzdem, meine Neugierde blieb, ich wollte wissen, wie Tom wohnte, wenn er einmal nicht bei mir war. Nur manchmal, stundenweise, verbrachte er noch Zeit in seinem eigenen Zuhause. Doch Tom gab nicht nach und wollte mich auf keinen Fall zu einer Besichtigung einladen.

Schweren Herzens entschied ich mich deshalb selbst herauszufinden, welches Geheimnis sich hinter seiner Behausung verbarg. Deshalb fuhr ich eines

Tages gegen Ende seiner Reiseleiterschicht zum Flughafen, parkte dort meinen kleinen roten Corsa zwischen anderen Autos ein und wartete, bis Tom nach Beendigung seiner Arbeit herauskam, sich in sein eigenes Auto setzte und losfuhr. Er hatte mir bereits am Vortag angekündigt bei sich zu Hause vorbeischauen zu wollen.

In angemessenem Abstand folgte ich ihm, ich dachte mir nichts Böses dabei und wollte meine Neugierde endlich zufriedenstellen. Tom fuhr voraus durch die halbe Stadt und ich hatte oft Mühe ihm unauffällig zu folgen, denn zu dieser nachmittäglichen Tageszeit gab es viel Straßenverkehr. Besonders die in diesem Land so zahlreichen Kreisverkehre waren tückisch, so manches Mal quetschte sich ein von rechts kommendes Fahrzeug noch dazwischen und vergrößerte den Abstand zwischen uns beiden. Doch glücklicherweise verlor ich ihn nie völlig aus den Augen, bis mein Freund in ein heruntergekommenes Miethausviertel einbog und sein Auto vor dem letzten Haus links hinten einparkte. Ich suchte nach einen etwas entfernteren Parkplatz, um auch weiterhin unentdeckt zu bleiben und hatte daher einen weiteren Weg zu der Haustür zurückzulegen, durch die Tom bereits verschwunden war.

Glücklicherweise war das Türschloss nicht verriegelt, die Haustür ließ sich problemlos aufdrücken.

Irgendwo über meinem Kopf hörte ich gerade noch eine Wohnungstür zufallen, das war wohl Tom.

Möglichst unauffällig stieg ich die Treppen hoch bis zum 3. Stockwerk, meinem Gefühl nach war es dieses Stockwerk, in dem ich die zufallende Tür gehört hatte. Ich hatte die Wahl zwischen einer Wohnungstür rechts und einer links. Bevor ich noch lange darüber nachdenken konnte, welche Tür wohl die richtige wäre, klangen aus der Wohnung rechts plötzlich die lautstarken Stimmen einer Frau und eines Mannes bis hinaus auf den Treppenabsatz. Ich erkannte sofort Toms Stimme, die ich überall wiedererkannt hätte, allerdings waren mir die Lautstärke und die Wut, die diesmal seine Stimme bestimmten, fremd.

Mein sensibler und fröhlicher Freund Tom war in meiner Gegenwart bisher meist ausgeglichen und lustig gewesen und seine Stimme melodisch oder leise und zärtlich, je nachdem. So laut und wütend hatte ich ihn noch nie erlebt. Aber auch die Frauenstimme, die ihm gerade Contra gab, klang weder leise noch nett. Bevor ich mich länger darüber wundern konnte, welchen Umgangston diese WG pflegt, wurde ich unfreiwillig Zeugin der Unterhaltung, denn die Wohnungstür war offensichtlich nicht dick genug, um die lauten Worte in der Wohnung zu halten.

Gerade nahm die unsichtbare Frau drinnen einen neuen Anlauf: „Und weißt Du, was das Allerschlimmste ist? Nicht nur, dass Du Dich kaum mehr hier blicken lässt, nein, auch Dein Sohn scheint Dir bereits jetzt völlig egal zu sein, noch bevor er überhaupt geboren ist!"

Diese Aussage erschien mir völlig absurd und erleichtert bekam ich eine Idee: Tom hatte doch einmal erwähnt, dass er in einer Laien-Theatergruppe mitmachte. Das war`s. Sie probten gerade für ihr nächstes Stück.

Tatsächlich kam jetzt Toms Antwort passend für diese Annahme: „Was denkst Du Dir eigentlich? Ich werde doch nicht mein ganzes Leben wegwerfen, nur weil Du zu blöd bist, die Pille zu nehmen! Hast Du wirklich gedacht, ich werde in Zukunft auf treusorgender Familienvater machen?"

Anstelle darauf erneut zu antworten, brach die unbekannte Frau in Tränen aus und entfernte sich in der Wohnung von der Tür.

Wow, ich war beeindruckt, dieses Theaterstück war ganz schön realistisch. Tom wollte mich mit einer Einladung zu der Premiere bestimmt überraschen und ich wollte ihm diese Überraschung nicht vermiesen und hielt es für das Klügste alles für mich zu behalten und wieder zu gehen.

Genauso unentdeckt, wie ich gekommen war, verließ ich das Mietshaus und kehrte zurück in mein eigenes kleines Appartement. Immerhin wusste ich ja jetzt, wo Tom wohnte, wenn er nicht in der Arbeit oder bei mir war. Das allerdings würde ich ihm nicht verraten, damit er nicht das Gefühl bekam, ich hätte seine Überraschung verdorben.

Und so vergingen die nächsten Tage und Wochen. Genau genommen vergingen zwei weitere Monate, in denen wir genauso weiter machten wie zuvor. Allerdings platzte ich fast vor Neugierde, wie lange dauerte es eigentlich, bis ein Theaterstück öffentlich aufgeführt wurde, wenn die Proben doch schon im vollen Gange waren? Schließlich hielt ich es kaum mehr aus und begann Tom in unseren Unterhaltungen Eselsbrücken zu bauen, damit er endlich mit seiner Überraschung herausrücken konnte.

Ich sagte beiläufig Sachen wie „weißt Du eigentlich, wie gern ich ins Theater oder ins Kino gehe?"

Seine Antwort war nicht sehr erhellend: „Klar Marie, wenn Du willst, dann lass uns diese Woche doch einmal ins Kino gehen."

So kam sie jedenfalls nicht weiter. Ich wurde direkter: „Schatz, übrigens finde ich Überraschungen klasse, nur habe ich nicht sehr viel Geduld und möchte nicht sehr lange auf eine schöne Überraschung warten müssen."

Tom sah mich verdutzt an, ich konnte förmlich sehen, wie er über diese Bemerkung nachdachte.

Komisch, sonst war er doch nicht so begriffsstutzig. An diesem Abend brachte er mir einen bunten Sommerblumenstrauß mit und freute sich dabei wie ein Schneekönig. Anscheinend hatte ich ihn unterschätzt und er wollte mir auf keinen Fall vor dem richtigen Zeitpunkt etwas verraten.

Auch gut. Langsam verging mir die Lust darauf und ich machte keine weiteren Anspielungen. Ich hatte sowieso immer noch genug zu tun mit dem derzeitigen Übersetzungsauftrag und wollte meine Freizeit lieber unbeschwert genießen, anstatt mir zu viele Gedanken zu machen. Diese ganze Angelegenheit geriet in Vergessenheit.

Mittlerweile war es Frühsommer geworden und die Abende waren bereits schön warm. Wenn mein Freund Zeit hatte, gingen wir abends gern zusammen spazieren und setzten uns auf ein Bier oder ein Glas Wein in eines der zahlreichen Straßencafés. Wir unterhielten uns dann über dies und das und manchmal versuchten wir herauszufinden, welches Leben die anderen Cafébesucher wohl führten. Wir ließen dabei unserer Phantasie freien Lauf und malten uns alles Mögliche aus. Wer mit wem zusammenlebte, wer allein lebte und welche Geheimnisse die einzelnen Personen wohl haben könnten.

Wir unterhielten uns über andere Menschen und nicht mit ihnen, denn wir waren uns selbst genug und wollten unsere kostbare gemeinsame Freizeit lieber zu zweit allein verbringen, als mit anderen Bekannten oder Freunden. Im Grunde genommen kannte ich kaum jemanden hier und hatte dafür gute Erklärungen, denn erstens war ich Ausländerin, zweitens lebte ich noch nicht sehr lange hier und drittens machte meine Arbeit als Übersetzerin daheim am Schreibtisch einsam. Auf Tom traf der erste Punkt auch zu, allerdings wohnte er schon ein Jahr länger hier und traf am Flughafen eine Unmenge Leute. Mit seiner freundlichen, offenen Art müsste er eigentlich gut ankommen, selbst bei seinen einheimischen Arbeitskollegen, mit denen er sich schon fließend portugiesisch verständigen konnte.

Hin und wieder dachte ich mir, es ist seltsam, dass er immer allein unterwegs ist. Als ich ihn darauf ansprach, war seine Antwort, er habe in seinem Job mit so vielen Menschen zu tun, dass er froh war nach Arbeitsende niemanden mehr außer mich zu treffen.

Auf diese Weise hatte ich ihn schließlich für mich allein, war zufrieden mit seiner Erklärung und schob eventuell aufkommende Zweifel über Tom bereitwillig zur Seite.

Ein paar Wochen später - es war bereits ein sehr heißer Hochsommer -, begann sich Langeweile in unsere Beziehung zu schleichen wie ein ungebetener Gast.

Alles, was wir zusammen machten, kannten wir schon, sei es im Bett, beim Essen oder sogar, wenn wir ausgingen. Mir begannen mehr und mehr Toms Marotten aufzufallen und sogar ein klein wenig zu missfallen. Schon allein, dass er seine Kleidung immer auf die gleiche Art auf dem Stuhl in der Zimmerecke zusammenlegte, wenn er abends ins Bett kam oder dass seine Zahnbürste immer links neben meiner im Zahnputzbecher stehen musste, war echt nervig. Wobei, anfangs fand ich das noch niedlich.

Ich sah Tom mittlerweile mit anderen Augen als am Anfang unserer Beziehung, als alles neu, aufregend und frisch war und ich vor lauter Verliebtheit sowieso keinen klaren Gedanken mehr fassen konnte. Wenn ich ihn hin und wieder kritisch betrachtete, kam ich mehr und mehr zu dem Schluss, dass er gut aussah, aber leider nicht überdurchschnittlich gut. Und genau genommen, wie er sein Leben führte, das war ganz schön langweilig, durchorganisiert von morgens bis abends. „Wahrscheinlich schreibt er die Zeit mit mir ebenfalls als einen Tagesordnungspunkt in seinen Organizer", dachte ich manchmal boshaft. Selbst mir war klar, die wunderbare Zeit der ersten Verliebtheit war vorbei und der Alltag war nicht so schön, wie ich ihn gern gehabt hätte.

Als hätte Tom meine Zweifel gespürt, eröffnete er mir, er müsse ab sofort  öfter in seinem eigenen

Zimmer in der WG übernachten, denn die WG-Katze musste von ihm versorgt werden, alle anderen Mitbewohner waren in die Sommerferien gefahren. Mir konnte es nur recht sein, auch wenn das mit der Katze bei den Haaren herbeigezogen klang. Etwas Abstand würde uns und unserer Beziehung sicherlich gut tun und wer weiß, vielleicht sogar für neue Anregung sorgen. Wie schnell sich das bewahrheiten würde, davon hatte ich zu diesem Zeitpunkt allerdings keine Ahnung.

Tom kam immer seltener vorbei und ich hatte überhaupt keine Zeit ihn zu vermissen, denn wieder hatte eine Freundin von früher ihren Besuch angekündigt. Susanne wollte zwei Wochen Urlaub machen, bei mir wohnen und dafür sogar etwas bezahlen. Sie wollte außerdem von mir Land und Leute gezeigt bekommen. Das traf sich sehr gut, denn ich hatte gerade keinen Übersetzungsauftrag und konnte sowohl etwas Einkommen als auch Ablenkung gebrauchen.

An diese zwei Wochen erinnere ich mich gern zurück, endlich fühlte ich mich wieder leicht und unbeschwert. Das Leben war da um es zu genießen und alles schien möglich. Wir zwei Frauen besuchten tagsüber Strände und gingen abends essen oder etwas trinken. Wir lachten viel und über vieles, problematische Themen ließen wir in stiller Übereinkunft aus.

Dann flog Susanne zurück in ihr Leben und ich nahm mir fest vor der zurückgewonnenen Leichtigkeit in meinem eigenen Leben einen festen Platz zu geben. Ein, zwei Tage gelang mir das sogar. Mit Tom hatte ich mich noch nicht verabredet, aber dann sah ich ihn doch. An diesem Tag war ich unterwegs zu einem Park in einem anderen Stadtviertel und da lief vor mir diese junge Familie den Gehweg entlang. Die Frau war bunt gekleidet, hatte lange dunkle Haare und schob einen Kinderwagen mit einem schreienden Baby. Der Rücken, die Haarfarbe und die Jacke des Mannes, der neben ihr ging, kamen mir seltsam vertraut vor. Komisch, ich hätte schwören können, das wäre Tom.

„Das ist überhaupt nicht möglich", war die Botschaft meines Kopfes und „das kann doch nicht wahr sein", war die Botschaft meines Bauches. Schlagartig war es vorbei mit der Leichtigkeit in meinem Leben und erschrocken sank ich auf einen Stuhl im nächsten Café. Ich meine „natürlich ist es nicht so, wie es aussieht. Viele Männer schauen von hinten aus wie Tom". Andererseits, es würde Sinn ergeben, vielleicht war das Theaterstück der Laienspielgruppe doch kein erfundenes Theaterstück?

„Unsinn, ich habe eindeutig zu viel Phantasie".

Diesen Standpunkt versuchte ich die nächsten Tage krampfhaft zu vertreten. Denn egal was war, ich wollte nur mein Leben mit Tom zurück. Auch wenn er mich manchmal nervte, welcher Mann nervt schließlich nicht? Lieber ein alltäglicher Mann als gar keiner.

Eine Weile funktionierte das sogar. Tom kam wieder vorbei, wir sprachen nicht über Probleme, sondern versuchten an vorher anzuknüpfen. Über meine Beobachtung wollte ich gar nicht mit ihm reden, das war zu lächerlich. Doch trotz aller Bemühungen stimmte es nicht mehr zwischen uns. Ich konnte noch so viel positiv denken, es blieben Zweifel und die führten zu Unzufriedenheit und zuerst kleineren hitzigen Diskussionen wegen Nichtigkeiten, wie „warum knallst Du die Wohnungstür immer so laut zu?" bis hin zu immer häufigeren Streitereien wegen Grundsätzlichem wie „liebst Du mich eigentlich noch?"

Das Ergebnis ist bekannt, Tom packte seinen Krempel und zog ab. Das war vorher so noch nie passiert, deshalb ist unsere Trennung wohl als endgültig anzusehen. Telefonische Versuche von mir bei ihm nachzufragen drückt er kommentarlos weg.

## Mein Leben als Single

„Der wusste doch nie, was er an mir hatte" und „umso besser, soll er doch bleiben, wo er ist und mich endlich in Ruhe mein Leben leben lassen", war meine Meinung damals dazu und ist sie eigentlich noch heute, wenn ich nicht gerade einen Anfall von Selbstmitleid erleide.

Mein Statement klingt nicht nur gut, sondern fühlt sich auch richtig gut an, jedenfalls tagsüber und wenn die Sonne scheint. Anders schaut es nachts aus, wenn ich nicht gut schlafen kann, weil mir das große Bett ungewohnterweise allein gehört und weil da keine Atem- oder Schnarchgeräusche von links, Toms Seite, zu mir dringen. Komisch, früher hat mich das oft genervt und jetzt kann ich nicht gut schlafen, weil es fehlt.

„Der Mensch ist ein Gewohnheitstier", mit diesem Gedanken tröste ich mich dann und bin mir sicher, ich werde mich bald umgewöhnt haben und all die verpassten Schlafstunden nachholen.

Leider ist es noch nicht soweit und es gibt reichlich Zeit zum Grübeln. Was nun? Ich fühle mich gleichzeitig befreit und ängstlich. Befreit von etwas, das mein Leben unnötig begrenzte und ängstlich wegen der unzähligen Möglichkeiten, die ich jetzt manchmal spüren kann. Sie lauern unter der Oberfläche wie eine flüsternde Verheißung und möchten gelebt werden. Aber ganz so einfach ist das nicht.

In diesen nächtlichen Stunden, in denen ich nicht schlafen kann, ist meine Vorstellungskraft scheinbar grenzenlos und ich fühle mich wie ein Fixpunkt in einer Zeitreise, die mein Leben darstellt. Von meiner Position aus kann ich zurückblicken oder nach vorne oder auch genau vor meine Füße. Das Zurückblicken fühlt sich vertraut an, vor meine Füße zu blicken eher zweideutig, aber den Blick nach vorn zu richten schon sehr wagemutig. Denn wer kann wissen, wie mein Leben weitergehen wird? Wer außer mir selbst?

Im Laufe der nächsten Tage und Wochen wird die Frage darüber, wie meine Zukunft aussehen wird, immer wichtiger. Ich kann noch schlechter schlafen und so sehr ich selbst eine zufriedenstellende Antwort finden möchte, es gelingt mir einfach nicht.

Entnervt probiere ich einiges aus und kaufe stapelweise psychologische Ratgeber und CDs mit Meditationsmusik, dem Gesang von Walen, geführten Phantasiereisen und sogar mit Anleitungen zur Selbsthypnose. Ich befolge alle diese Anweisungen so gut wie möglich, lasse meine Gedanken frei schweben oder versuche sie wegzuschieben, bitte die singenden Wale um eine Antwort, lasse sämtliche möglichen Probleme in Phantasiereisen los und symbolhaft Klippen hinunterstürzen oder übergebe sie dem Universum und hypnotisiere mich selbst mit der Bitte, meine Zukunft möge mir im Traum erscheinen.

Jede dieser Methoden verspricht Erfolg und ich probiere so viele davon aus, dass ich mich nach einigen Wochen eigentlich selbst als „Expertin" bezeichnen könnte. Als Expertin einmal quer durchs Gemüsebeet im weiten Feld der Meditation und der Gedankenbeeinflussung.

„Vielleicht sollte ich umschulen und das zu meinem Beruf machen", kichere ich manchmal in leicht hysterischen Momenten, denn auch nach so viel Psycho-Training bin ich noch keinen Schritt weitergekommen, ich kenne meine Zukunft immer noch nicht. Dafür habe ich die Autoren der CDs bereichert und meine nächtlichen Schlafstörungsstunden immerhin produktiv genutzt!

Zwei Tage später lese ich in einer Zeitschrift mein Horoskop und entdecke einen Rat, der vielleicht der Beste von bisher allen ist: „Befreien Sie sich von allem unnötigen Ballast und lassen sie einfach los. Die Antwort auf eine wichtige Frage wird zum richtigen Zeitpunkt ganz von allein zu Ihnen kommen".

Ich bin glücklich. Klar, so einfach ist das, warum bin ich da nicht schon längst selbst draufgekommen? Die einfachsten Dinge sind doch oft die besten. So wie selbstgemachter Schokopudding mit untergemischten Bananenstückchen. Der isst sich schließlich auch wie von selbst.

Diese Strategie scheint mir jetzt die Beste zu sein und ich beschließe abzuwarten, obwohl Geduld nicht gerade zu meinen Stärken gehört. Trotzdem versuche ich es und warte. Einen Tag und noch einen und dann noch einen und dann ist meine Geduld erschöpft. Auf etwas warten und nicht zu wissen wie lang, erscheint mir plötzlich sinnfrei. Dann ist es vielleicht doch besser, die Dinge selbst in die Hand zu nehmen.

Doch wie soll mir das gelingen? Nach einer kurzen Zeit des Grübelns findet sich eine Antwort auf diese Frage: Eine Wahrsagerin kann mir sicherlich helfen. Oder vielleicht doch eher ein Wahrsager? Nein, es soll eine Frau sein, eine Frau kann eine andere Frau besser nachvollziehen und wird mir frauensolidaritätstechnisch sicherlich eine bessere Zukunft voraussagen als ein Mann.

Wie kann ich also eine Wahrsagerin finden? Eine Hobbywahrsagerin scheidet aus, es soll jemand Professionelles sein, jemand die weiß, was sie tut und wahrsagt. Und ich schließe es aus Referenzen einzuholen, denn dieser Plan soll mein Geheimnis sein und bleiben.

Schließlich kommt mir der Zufall zur Hilfe oder was so „Zufall" genannt wird, denn ich sehe das Plakat für einen Jahrmarkt im nächsten Dorf, der schon in zwei Tagen beginnen soll. Vielleicht gibt es ja gar keinen Zufall und alles gehört zu einem großen unbekannten Plan. Oder alles, was geschieht, soll so geschehen, um dann die Folgen zu haben, die es hat. Nach meinem wochenlangen Abstecher in die Esoterik müsste ich eigentlich solche Überlegungen zu deuten wissen, aber ehrlich, zurzeit sind mir solche Gedanken schlicht und einfach zu anstrengend. Ich bin schon froh, meinen Alltag halbwegs auf die Reihe zu bekommen und mich abends auf dem Sofa und vor der Glotze wiederzufinden mit einer geöffneten Flasche Wein in Reichweite. Ach, wie ist es schön sich von seichten Herzschmerzfilmen berieseln zu lassen und mithilfe einiger Gläser Wein langsam in eine gedankenfaule und gefühlsarme Welt zu treiben. Oft wache ich dann spätnachts auf dem Sofa auf, weil ich mich vorher nicht mehr aufraffen konnte das Bett mit dem Sofa einzutauschen. Und wen kümmert es schon, wo ich nachts schlafe und wie ich morgens aussehe, es ist ja niemand mehr da, auf den ich Rücksicht nehmen wollte. Meine Katze stört sich nicht an meinem Aussehen und im Gegenteil, die ist sogar froh, wenn ihr Mensch abends und nachts auf dem Sofa abhängt und so eine weiche Katzenunterlage anbietet.

## Die Wahrsagerin

Zwei Tage später ist es dann soweit. Der Jahrmarkt beginnt und es ist ein guter Jahrmarkt mit einem Wahrsagerzelt, wie auf den Plakaten angekündigt. Schon am frühen Nachmittag habe ich mich aufgerafft und endlich wieder einmal ausgiebig geduscht und mir möglichst saubere Klamotten aus dem wilden Kleiderhaufen in der Schlafzimmerecke herausgesucht. Immer wenn ich in diese Zimmerecke schaue, nehme ich mir vor, so bald wie möglich den Klamottenberg zu waschen. Und immer wenn ich daran vorbeigegangen bin, vergesse ich dieses Vorhaben wieder. Kein Wunder also, dass es mir immer schwerer fällt noch einigermaßen vorzeigbare Kleidung zu finden, aber für heute hat es geklappt.

Der Jahrmarkt hat seine Attraktionen auf dem staubigen Dorfplatz aufgebaut. Neben zwei Kinderkarussellen, ein paar Ständen mit Zuckerwatte, gebrannten Mandeln und anderen Leckereien, einem Kettenkarussell und einer kleinen Geisterbahn entdecke ich ganz hinten tatsächlich das Wahrsagerzelt oder besser gesagt das Wahrsagerinnenzelt. Es ist genauso wie ich es mir vorgestellt habe: rund, dunkelblau mit aufgemalten gelben Sternen und einer schematischen Abbildung der Wahrsagerin, die sich wohl im Inneren befindet und auf Ratsuchende wartet. Der Zelteingang ist einladend aufgeschlagen, anscheinend ist gerade kein Kunde drin.

Ich umrunde in großem Bogen das Zelt zweimal, bevor ich genug Mut habe, um einzutreten. Im Inneren des Zeltes ist es dämmrig bis dunkel, nur in der Mitte fällt Tageslicht durch eine Dachöffnung auf einen runden Tisch. Auf dem Tisch, der bedeckt ist mit einer dunkelblauen Tischdecke, befindet sich eine ziemlich große durchsichtige Kugel, ein Stapel Tarotkarten, duftende Räucherstäbchen und einige angezündete Teelichter in bunten Bechern.

Kaum bin ich eingetreten, fällt wie von Zauberhand der Zelteingang hinter mir herunter und verleiht dem Zeltinneren eine geborgene und abgeschlossene Atmosphäre. An dem Tisch in der Mitte stehen sich zwei Stühle gegenüber, auf einem dieser Stühle kann ich im Dämmerlicht eine kleine Bewegung wahrnehmen. Aha, die Wahrsagerin wartet schon auf mich. Sofort wird mir vor Nervosität ganz flau im Magen und am liebsten würde ich sofort wieder umkehren und möglichst unauffällig verschwinden, doch der Eingang ist zugeklappt und überhaupt, „wo genau ist der eigentlich?". Von innen schaut das Zelt völlig gleich aus. Es hilft nichts.

Ich gehe, um meine Nervosität zu überspielen, möglichst forsch zu dem noch freien Stuhl und wäre beinahe über ein Stuhlbein gestolpert. Als ich endlich sitze, schaue ich neugierig auf die gegenüberliegende Seite und denke mich tritt ein Pferd.

Wo bin ich denn hier hingeraten? Die Frau mittleren Alters auf dem anderen Stuhl kann unmöglich eine Wahrsagerin sein. Mit roten Haaren, einer randlosen Brille und gekleidet in Jeans, Cowboystiefel und einer weißen Bluse ist diese Dame entweder eine Hochstaplerin oder bestenfalls die Sekretärin oder Buchhalterin der eigentlichen Wahrsagerin, die sicherlich gleich noch kommen wird, beruhige ich mich selbst. Diese Sekretärin mustert ihre Besucherin aufmerksam und greift dann lächelnd zu den Tarotkarten. Wahrscheinlich will sie die Karten nur abstauben, während sie auf ihre Chefin wartet.

Doch was soll das denn jetzt werden? Mit geübten Bewegungen legt sie die Karten aus und spricht mich wie nebenbei an: „Du bist jetzt sicherlich enttäuscht von meinem Aussehen, aber lass Dich nicht zu sehr beeinflussen von dem, was Du siehst. Du solltest lernen, die Dinge hinter der Fassade zu sehen".

Das kann doch nicht wahr sein, jetzt werde ich auch noch geduzt von dieser Hochstaplerin und die sagt mir, was ich tun soll. Wenn ich eines nicht leiden kann, dann sind das ungebetene Ratschläge. Ich habe keine Lust jedem mein sauer verdientes Geld in den Rachen zu schmeißen und als könnte die rothaarige Frau meine Gedanken lesen, redet sie weiter: „Mach Dir keine Sorgen wegen der Bezahlung, am Ende meiner Dienste kannst Du mir so viel geben, wie Du willst und wie viel es Dir wert ist." Das ist doch die Höhe, jetzt kommt die noch mit diesem Psychospendentrick, auf den so viele hereinfallen, denn um nicht geizig oder undankbar zu erscheinen, zahlen manche viel mehr als sie eigentlich müssten. Ich habe davon schon von Teilnehmern esoterischer Seminare gehört. Na, die wird sich noch wundern, wenn ich ihr am Schluss einen Euro gebe. Diesen letzten boshaften Gedanken hat die sogenannte Wahrsagerin anscheinend nicht empfangen, denn sie redet einfach weiter, als wäre nichts geschehen. Ich habe bis jetzt übrigens noch kein lautes Wort gesagt.

„So lass uns mal sehen. Du weißt also nicht, wie es mit Dir und Deinem Leben weitergehen soll. Die Karten werden Dir den  Weg weisen."

Woher weiß die, was ich will? Andererseits wollen wahrscheinlich alle, die hierherkommen, das Gleiche.

"Oh ja, das ist interessant. Nimm Dir diese Trennung nicht so zu Herzen, dieser Mann war nicht der richtige für Dich. Einer, der sehr viel besser zu Dir und Deinem Leben passt, wird früher oder später Deinen Lebensweg kreuzen."

Na toll, das wird ja immer besser, was für ein inhaltsloses Gelaber, stöhne ich innerlich auf.

„Und das ist merkwürdig, die Karten geben mir keine konkreten Hinweise auf zukünftige weitere Ereignisse. Es scheint, als wäre alles offen. Lass uns die Kristallkugel befragen."

Mit diesen Worten schiebt sie die Karten wieder zusammen und rückt die Kugel in die Mitte des Tisches.

„Marie"

Woher kennt die meinen Namen?

„Konzentriere Dich jetzt ganz auf Deine Frage und blicke in das Innere der Kugel".

Na ja, kann ja nichts schaden. Auch die rothaarige Brillenträgerin konzentriert sich jetzt auf die Kugel und versucht stirnrunzelnd deren Antwort zu entziffern. „Nun gut, was ich hier empfangen kann, ist der Hinweis, dass Du auf Deine Träume achten sollst, sie werden Dir in Zukunft immer den richtigen Weg aufzeigen."

Sie scheint etwas irritiert zu sein, ihr Lächeln ist verschwunden, als sie mich anblickt: „Es tut mir leid, dass ich nicht konkreter weiterhelfen konnte. Natürlich musst Du nichts bezahlen, denn wahrscheinlich hast Du etwas völlig anderes erwartet."

Wenigstens ist sie nicht auf den Kopf gefallen. Enttäuscht stehe ich auf. Der Zelteingang öffnet sich wieder wie von Geisterhand und als ich auf dem Weg dorthin noch einmal zurückblicke, ist da niemand mehr außer mir. Meine Gesprächspartnerin ist verschwunden. Komisch. Und „Gespräch" kann man das sowieso nicht nennen, denn plötzlich fällt mir auf, dass ich die ganze Zeit wirklich kein Wort gesagt habe.

Ich kehre zurück in mein altes Leben, aber es hat sich etwas geändert, denn jetzt bin ich neugierig geworden, neugierig auf meine Träume. Um meine Träume nicht zu verpassen, trinke ich viel weniger

Alkohol und das ist immerhin etwas Gutes. Mir fällt auf, dass ich nicht träume. Doch das kann eigentlich nicht sein. Ich google viel über Träume und alles, was damit zusammenhängt. Und da steht, jeder Mensch träumt, nur können sich Menschen nach dem Aufwachen unterschiedlich gut an ihre nächtlichen Träume erinnern. Überhaupt findet sich sehr viel Wissenswertes über Träume und deren Bedeutung im Internet.

Zuerst möchte ich herausfinden, welche Träume ich habe und wie ich mich nach dem Aufwachen an sie erinnern kann. Von allen Tipps zu diesem Thema erscheinen zwei geeignet, das eine ist ein Traumtagebuch, jedes Mal beim Aufwachen – egal wann - soll die Träumende alles, an was sie sich erinnern kann, in ein Notizheft schreiben, das neben dem Bett bereit liegt. Umso öfter das geübt wird, umso besser soll es möglich sein sich an die eigene Traumwelt zu erinnern. Das klingt durchführbar, finde ich.

Der andere Ratschlag ist sogar noch einfacher, ich soll mir abends vor dem Einschlafen fest vornehmen, dass ich mich beim Aufwachen an wenigstens einen Traum erinnern kann. Damit übergebe ich meinem Unterbewusstsein einen Wunsch und einen Auftrag. Angeblich funktioniert das und es ist ziemlich einfach auszuprobieren. Ich entscheide mich für diese Möglichkeit und die nächsten drei

Abende bitte ich vor dem Einschlafen mein Unterbewusstsein mir dabei zu helfen mich an einen nächtlichen Traum zu erinnern.

An den ersten zwei Morgen ist da nichts zu erinnern präsent, aber dann am dritten Morgen meines Experiments, kann ich mich plötzlich sehr deutlich an einen Traum erinnern und mehr noch, ich bemerke dabei, dass ich mir etwas herbeiwünschen kann. Doch der Reihe nach. Zuerst ist da dieser Traum, in dem es darum geht, dass eine Frau – Julia - die Fähigkeit entdeckt, sich eine Katze herbeizuwünschen:

## Der Katzenwunschtraum

Julia mag Katzen. In meinem Traum ist sie Mitte dreißig, hat halblange rötliche Haare und ein buntgemustertes Kleid an. Julia nimmt mich mit in ihre Welt:

So wie andere Leute Wert legen auf verschiedenfarbige Kleidung oder Möbel, so legt Julia Wert auf eine ausgewogene farbliche Vielfalt ihrer Hauskatzen. In diesen Traum sitzt sie auf ihrer Terrasse, vor sich eine Tasse Kaffee und genießt den Augenblick mit der Aussicht auf viele grüne Pflanzen vor ihr und das teils spielerisch-energiegeladene, teils schläfrig-ruhige Miteinander ihrer Hauskatzen um sich herum. Dabei kommt Julia ins Träumen und Erinnern. Und plötzlich weiß sie, was an ihrem Terrassenbild nicht stimmt: es gibt keine rote Katze. Um sich herum sieht sie schwarz-weiß gefleckte und braun oder grau getigerte Katzen und zwei schwarze. Eine rote fehlt definitiv und Julia möchte jetzt eine haben, sie wünscht sich regelrecht eine. Doch wo soll die herkommen? Sie weiß genau, dass sie genug Katzen hat und es unvernünftig wäre gezielt eine weitere aufzunehmen. Trotzdem. Und was wäre, wenn eine rothaarige Katze einfach so des Weges käme? Gewollt, aber dennoch freiwillig. Dann kann sie nichts dagegen tun und das wäre sozusagen Schicksal. Bei diesem Gedanken muss meine Traum-Julia kichern, was für ein Blödsinn, als würde das Leben so funktionieren. Wäre es so einfach, könnte sie genauso gut gleich im Lotto gewinnen, gewünscht hat sie sich das schließlich oft genug. Und damals, da hat sie dieses Buch „Wünsche an das Universum" verschlungen und sich nach besten Wissen und Gewissen bemüht, es erfolgreich umzusetzen. Sie hat sogar geübt, das Universum nicht zu sehr mit ihrer eigenen Ungeduld unter Druck zu setzen. Trotzdem war der Erfolg nicht wirklich nennenswert. Ein paar kleinere Wünsche haben sich wie nebenbei erfüllt, doch keine großen.

Während der nächsten Tage denkt Julia hin und wieder flüchtig an die rote Wunschkatze und verliert sich öfters in Erinnerungen an Bessy und Nicky, die beiden roten Katzen und Kater, die in der Vergangenheit ihr Leben geteilt haben und schon längst über die Regenbogenbrücke gegangen sind. Ohne es zu merken, macht sie dieses Mal mit dem Wünschen alles richtig. Sie gibt ihrem Wunsch eine emotionale Dringlichkeit, die verstärkt wird von den teils schönen, teils traurigen Erinnerungen an ihre ehemaligen roten schnurrenden Mitbewohner und sie lässt den Wunsch ohne Erwartungsdruck vor sich hin dümpeln. Einmal formuliert, verliert er seine zeitliche Wichtigkeit und Zeit wird in Träumen sowieso anders erlebt. Man kann sich ihren Wunsch als Wolke vorstellen, die sich langsam über den Wunschhimmel bewegt, angetrieben von den Erinnerungen. Er ist eindeutig eher eine Wolke als eine Rakete, denn sie bewegt sich langsam und vor allem nicht eindeutig zielgerichtet. Diese Wunschwolke hat sogar eine Farbe: weiß-lila und manchmal bewegt sie sich etwas rückwärts, hinein in eine Art emotionale Minusenergie, und zwar immer dann, wenn Julia sich vor Augen führt, dass sie wirklich schon genug Katzen zu versorgen hat und es besser ist vernünftig zu sein und sich keine weitere herbeizuwünschen. Wie das eben so ist mit den Wünschen und der Vernunft.

In meinem Traum vergeht einige Zeit und der rote Katzenwunsch wird langsam wieder vergessen. Ich kann spüren, was Julia nicht weiß: der Wunsch

ist abgegeben worden und wartet auf seine Erfüllung.

Und wie ist die Geschichte ausgegangen? Eines
Tages sitzt außen vor Julias Küchenfenster ein großer, sehr schöner und hungriger roter Kater, der sich
seitdem sein Futter bei ihr abholt und in regelmäßi-
gen Abständen immer wieder vorbeischaut. Er wird
bald ein zutraulicher Hauskater werden, der den
Ruf des Wunsches gehört hat.

Nach diesem Traum wache ich mit einem guten
Gefühl auf. Es ist früh am Morgen, die Sonne ist
noch nicht aufgegangen. Trotzdem fühle ich mich
beschwingt genug aufzustehen und die Kaffeemaschine in Betrieb zu setzen. Während der Kaffee
langsam durchläuft und die Küche mit seinem Duft
verzaubert, bin ich immer noch glücklich, dieser
Katzenwunschtraum war wirklich intensiv und Julias
Glücksgefühle begleiten mich hinein in mein eigenes
Leben.

Mit einer Tasse Milchkaffee und meinem Traum-
notizbuch setze ich mich an den kleinen Bistrotisch
und schreibe alles auf, an das ich mich noch erinnern kann. Besonders schön finde ich im Nachhin-
ein, dass ich Julias Wunsch bildlich sehen konnte, als
farbliche Wunschwolke und das ich Julias Gefühle
während des ganzen Geschehens so gut selbst spüren konnte und immer noch kann, obwohl sie langsam abklingen.

Kein Zweifel, dieser Traum hat eindeutig etwas mit mir zu tun! Während ich darüber nachdenke, nehme ich einen weiteren Schluck Kaffee und bemerke ein Haar im Mund. Nanu? Meine graue Katze hat ihren Haarwechsel eigentlich schon hinter sich und ich leide hoffentlich noch nicht an altersbedingtem Haarausfall? Vorsichtig ziehe ich mit den Fingern das Haar aus meinen Zähnen und siehe da, es ist ein rotes, drahtiges Haar. Zu hart, um ein Menschenhaar zu sein. Wüsste ich es nicht besser, ich würde behaupten, es ist ein rotes Katzenhaar.

Und so geht es weiter, ich lebe und träume. Hin und wieder passieren merkwürdige Dinge, die ich mir nicht erklären kann. Als ich einmal von einer wunderschönen Blumenwiese an einem Frühlingstag träume, liegt am nächsten Morgen eine rote Klatschmohnblume neben meinem Bett und ein anderes Mal, als ich einen langen und intensiven Traum mit vielen Pferden habe, hätte ich schwören können, dass es beim Aufwachen in meinem Zimmer nach Pferdestall riecht.

Zu diesem Zeitpunkt kann ich natürlich nicht ahnen, dass all dies nur die Vorbereitung zu dem ist, was bald beginnen wird.

## Ich sehe Elias zum ersten Mal

In einer der darauffolgenden Nächte träume ich das erste Mal von ihm, zunächst noch undeutlich. Mein Traum spielt auf einem Marktplatz, dieser Marktplatz ist klein, also gehört er wohl zu einem Dorf und nicht zu einer Stadt. Eine Gruppe von bäuerlich gekleideten Menschen steht in Gruppen zusammen und diskutiert über irgendetwas. Auffallend ist, dass ein junger Mann abseits steht. In diesem Traum kann ich nicht genau erkennen, um was es geht, alles ist eher unklar, so als würde eine leichte Nebelwand mich als Zuschauerin von den anderen Mitwirkenden trennen. Einzig dieser Mann bleibt mir im Gedächtnis. Wenn mich nicht alles täuscht, hat er lange dunkle Haare und ist ärmlich gekleidet. Und er hinterlässt ein Gefühl in mir, das Gefühl ihn sehr lange zu kennen. Da war noch etwas anderes, ich kann eine kräftige weiß-lila Wolke über ihm schweben sehen, ein Bild, das mich an etwas erinnert. Nur an was?

Umso mehr ich am nächsten Tag darüber nachdenke, umso klarer wird mir, dass ich diese weiß-lila Wolke kenne und dass sie eine Bedeutung hat. Jedes Mal, wenn ich die Erinnerung daran fast zu fassen bekomme, ist sie wieder weg.

Ich komme einfach nicht dahinter und beschließe, dies ruhen zu lassen, denn wie sagte meine

Großmutter früher? „Wenn etwas wirklich wichtig ist, wird es Dir wieder einfallen".

Leider geht diese Prophezeiung die nächsten zwei Tage nicht in Erfüllung und wie immer werde ich ungeduldig. Ich kann mich kaum mehr auf meine täglichen Aufgaben konzentrieren, ich habe einer Bekannten versprochen, ihre Geschäftskorrespondenz täglich vom Deutschen ins Portugiesische zu übersetzen. Da muss ich dran bleiben, sonst geht mir dieser Auftrag verloren und der mittlerweile ziemlich leere Kühlschrank bleibt auch weiterhin leer. Deshalb setze ich mich ungewohnt diszipliniert jeden Tag mindestens eine Stunde an meinen Schreibtisch, denn mit knurrendem Magen schläft es sich nachts schlecht und träumt es sich nicht gut. Meine Träume aber sind mir wichtig, denn ich habe noch nicht dieses warme vertrauensvolle Gefühl vergessen, dass mich so tröstend ausfüllte, als ich den langhaarigen jungen Mann in meinem Marktplatztraum sah.


## Bestandsaufnahme meines Lebens


Auf einmal wird mir klar, wie einsam ich wirklich bin, wenn ich schon Sehnsucht nach Männern in meinen Träumen habe. Das ist absolut lächerlich. Wenn ich so weitermache, werde ich noch zum

Psychofall! Es wird Zeit, dass ich mich wieder wie ein normaler Mensch benehme, der sein Leben im Griff hat.

In den nächsten Tagen versuche ich diesen Vorsatz so gut es geht umzusetzen. Zuerst räume ich meine Wohnung wenigstens gebietsweise auf, was dringend notwendig ist. Danach schaut sie immerhin aus wie die Wohnung eines normal ordentlichen Bewohners.

Als nächstes mache ich mir einen Plan, wie ich mein Leben in Zukunft gestalten möchte. Um meine Vorsätze nicht zu vergessen, schreibe ich alles auf ein rosa Blatt Briefpapier. Das Rosa wirkt motivierend und wird bestimmt meinen Durchhaltewillen stärken! Die Liste wird leider lang, angefangen von täglichem Schreibtischdienst für mein Einkommen, bis hin zu täglichem Abspülen, Bett machen und noch manch anderen unerfreulichen Dingen. Das was normale Menschen eben immer so machen.

Ich brauche außerdem mehr Sozialkontakte, also kommt auf die Liste auch der Besuch des Wochenmarktes, um gesundes Obst und Gemüse einzukaufen und ich nehme mir vor, ab sofort mindestens jeden zweiten Tag ein Straßencafé zu besuchen. Das fühlt sich an wie das angenehmste Vorhaben, deshalb fange ich damit an.

Mittlerweile ist es früher Nachmittag eines sonnigen Frühlingstages und für das erste Mal wähle ich das Café gleich um die Ecke von meiner Wohnung. Es ist klein und typisch portugiesisch, im Inneren sind ein paar Bistrotische mit einigen Stühlen aufgestellt neben einer langen Ladentheke, in der Brote und verschiedene Gebäckstücke ausgelegt sind, die meisten davon, wie ich aus Erfahrung weiß, sehr süß. Draußen vor dem Eingang gibt es nur drei Tische mit Stühlen, alle unbesetzt, aber da ich ja meine Sozialkontakte trainieren will, wähle ich einen davon, nachdem ich einen Milchkaffee und einen „Bolo de Arroz"- einen kleinen Rührkuchen - bestellt habe. Es ist sehr angenehm, mit dem Rücken zur weißen Hauswand zu sitzen und in der Sonne zu dösen.

Manchmal nicke ich schläfrig Passanten zu, die an meinem Tisch vorbeischlendern und mich wie hier üblich grüßen. Mein süßes Stückchen habe ich bereits vertilgt und der Rest vom Milchkaffee in der großen Tasse wird langsam kalt, als ich plötzlich am Nebentisch eine vertraute Gestalt bemerke.

Woher kenne ich den nur? Ein beruhigendes, schönes Gefühl von Geborgenheit und Zugehörigkeit überkommt mich. Obwohl ich nur seinen Rücken sehen kann, wird mir schlagartig klar, dieses Gefühl und diese Gestalt, es kann nur der Mann meiner Träume sein. Genaugenommen der Mann aus dem einen meiner Träume, dem mit dem Marktplatz. Was macht der denn hier? Egal, warum auch immer er hier ist und woher auch immer er kommt und wer auch immer er ist, was kümmert es mich? Noch nie hat ein Mann solche wunderbaren Gefühle bei mir hervorgerufen. Ich möchte diese Gefühle so lange wie möglich behalten und komischerweise weiß ich genau, ich kenne diesen „Wer-auch-immer-du-bist" schon sehr lange und ich bin in seiner Nähe vollkommen sicher. Entspannt schaue ich zum Himmel hoch und entdecke dort eine kleine weiß-lila Wolke.

Das ist der Zeitpunkt, als mein Plastikstuhl nach hinten kippt und ich unsanft wieder aufwache, aufwache aus meinem nicht geplanten öffentlichen Sonnenbad-Café-Schlummer, den niemand bemerkt zu haben scheint, auch nicht das ältere Paar am Nebentisch. Ich muss noch einmal hinschauen, ja, in der Zwischenzeit haben sich dort diese beiden Engländer niedergelassen, ein junger Mann ist weit und breit nicht zu sehen und auch keine weiß-lila Wolke, im Gegenteil, eine dunkelgraue Wolke hat sich vor die Sonne geschoben. Mich fröstelt und das nicht nur wegen des nun fehlenden Sonnenscheins, auch meine schönen Gefühle sind nicht mehr da und haben stattdessen einem Gefühl des Unbehagens Platz gemacht.

Das ist doch wirklich lachhaft, kaum will ich meine irdischen menschlichen Kontakte vertiefen, schlafe ich ein und träume von ihm. Unzufrieden mit mir selbst zahle ich meinen Kuchen und den Kaffee und gehe nach Hause. Für heute habe ich genug erlebt. Die Sonne ist und bleibt den Rest des Nachmittags verschwunden und irgendwie ist mir durchdringend kalt. Ich beschließe diesen seltsamen Tag zu beenden und bald zu Bett zu gehen, da ist es wenigstens warm.

In dieser Nacht träume ich nichts. Jedenfalls kann ich mich am nächsten Morgen an nichts Konkretes erinnern. Nur, dass mir auch nachts nicht mollig warm war, wie das normalerweise der Fall ist, genug dicke bunte Bettdecken habe ich jedenfalls. Komisch, vielleicht komme ich langsam in das Alter der Heizdecken? Obwohl dieser selbstironische Gedanke eigentlich lustig ist, mir ist heute nicht nach Lachen, irgendein dunkles Gefühl zieht an mir, anders kann ich es einfach nicht beschreiben. Nicht, dass das jemanden außer mir interessiert hätte, denn gute Freunde sind leider über Nacht nicht in mein Leben getreten. Aber ich möchte mit jemanden reden und eine andere Meinung zu meinen Träumen hören.

### Barbara kommt zu Besuch

Nach einigen Tassen Kaffee mit Milch und scheinbar ziellosem Surfen im Internet fällt mir jemand ein: Barbara. Zu Schulzeiten waren wir gut befreundet, erst an der Uni haben sich unsere Wege getrennt, während ich mich für Sprachen entschied, wählte Barbara ein Psychologiestudium. Träume sollten ihr also nicht fremd sein. Glücklicherweise fällt mir auch ihr Familienname wieder ein und entweder hat sie nie geheiratet oder ihren Mädchennamen behalten, jedenfalls finde ich sie problemlos online. Sie betreibt in einer deutschen Großstadt eine eigene Praxis mit Schwerpunkt Familientherapie. Ich könnte sogar sofort einen telefonischen Beratungstermin vereinbaren. Und genau das möchte ich nicht, denn erstens kann ich es mir nicht leisten eine persönliche Psychologin zu bezahlen und zweitens möchte ich keine offizielle Sache daraus machen. So wichtig ist das alles auch wieder nicht.

Um mit ihr privat auf der Ebene ehemaliger Schulfreundinnen zu reden, muss ich erst wieder eine private Beziehung herstellen. Mir ist klar, dass das nicht in einem Tag geht, doch es ist einen Versuch wert. Zuerst stelle ich ihr eine Freundschaftsanfrage in einem sozialen Netzwerk, die sie zwei Tage später annimmt.

Es dauert ganze zwei Wochen, bis wir genügend Informationen über die vergangenen Jahre ausgetauscht haben und in der Gegenwart gelandet sind mit dem Willen auch weiterhin in Kontakt zu bleiben. Barbara findet es sogar interessant, dass ich jetzt in Portugal lebe. Sie wollte schon länger einmal dieses kleine Land im Süden Europas kennenlernen und findet es eine glückliche Fügung, dass ich sie ausgerechnet zu diesem Zeitpunkt kontaktiere. Barbara ist überarbeitet und braucht dringend eine Pause vom Alltag. Deshalb nimmt sie meine Einladung mich besuchen zu kommen sehr gern an. Sie will schon in zwei Wochen kommen und eine Woche bleiben und ich biete ihr mein Arbeitszimmer mit dem ausziehbaren Schlafsofa als Übernachtungsmöglichkeit an.

Für die nächsten zwei Wochen bis Barbaras Ankunft habe ich nun genug zu tun, denn ich muss schon wieder aufräumen und putzen und auch wenn mein Appartement nicht gerade groß ist, mehrere Wochen ohne mehr im Haushalt zu erledigen als das absolut Notwendigste, rächt sich nun. Ich habe zu tun. Meine frühere Schulfreundin soll schließlich nicht denken, ich hätte irgendwelche Probleme! Zwei kleinere Übersetzungsaufträge erledige ich auch noch, denn ich möchte genügend Geld haben, wenn Barbara da ist und der Kühlschrank soll natürlich nicht leer bleiben.

Das alles lenkt mich ab, diese 14 Tage vergehen wie im Flug, bemerkenswerte nächtlich Träume habe ich nicht und eigentlich fühle ich mich wieder wie ein normaler Mensch ohne nennenswerte Schwierigkeiten.

Vielleicht ist das überhaupt die Idee? Ich vermiete mein Arbeitszimmer an Touristen, habe ein Einkommen und etwas zu tun. Irgendwie spüre ich, dass es nicht zu mir passt, mein Zuhause mit fremden Menschen zu teilen, aber egal, jetzt kommt erst einmal Barbara.

Als sie da ist, freue ich mich darüber mehr, als ich dachte. Ihre Auszeit vom Alltag wird auch zu einer Auszeit von meinem Alltag. Es dauert nicht lang und wir sind uns wieder so nah wie in alten Zeiten und benehmen uns dementsprechend wie zwei Schulmädchen. Tagsüber machen wir Ausflüge und verbringen Stunden auf sonnigen Terrassen von Straßencafés. Da trifft es sich gut, dass Barbara auch Single ist und öfters taxieren wir verstohlen kichernd mögliche männliche Kandidaten für uns.

An den Abenden kochen wir gemeinsam, trinken Rotwein und reden. Jetzt erst wird mir bewusst, wie sehr ich eine Freundin vermisst habe. Die Tage vergehen wie im Flug und beinahe vergesse ich meine eigentliche Absicht, denn was ist schon der Mann meiner Träume wert gegen eine wirklich anwesende Freundin?

Der Mann meiner Träume scheint das anders zu sehen und macht sich ein weiteres Mal bemerkbar. Als Barbaras Urlaubstage dem Ende zugehen, habe ich eines Nachts wieder einen sehr intensiven Traum, so intensiv, dass ich am nächsten Morgen beim Aufwachen noch einiges weiß. Dieser junge Mann mit den langen dunklen Haaren hat die Hauptrolle in meinem Traum. Es schien, als wäre er auf der Flucht vor etwas, ich kann mich erinnern, dass er durch eine Umgebung mit grauen Schatten und sich bewegenden Umrissen lief. Er selbst war diesmal gekleidet wie ein ärmlicher Bauernsohn aus der Vergangenheit mit einer grauen Hose und einem hellen, weiten Leinenhemd, das einen schönen Kontrast bildete zu der grauen Umgebung. Er war das einzige menschliche Wesen in dieser Szene und er lief weiter, bis er zu einer Lichtung kam, auf die von oben Helligkeit fiel. Es entstand der Eindruck, als würden die grauen schemenhaften Gestalten davor zurückweichen. Inmitten dieser Lichtung lag ein großer abgeflachter grünlich glänzender Stein. Elias lief darauf zu und stellte sich in die Mitte oben auf diesen Stein. Wieso ich plötzlich wusste, dass der junge Mann Elias heißt, kann ich nicht begründen, in Träumen ist jedoch so einiges möglich. Dieser Elias jedenfalls blickt nach oben in den Himmel und siehe da, da ist wieder diese weiß-lila Wolke. Als er sich vergewissert hatte, dass sie da ist, blickt er wieder nach unten, er scheint mich direkt anzuschauen und sagt flehend: „Marie, bitte hilf mir!". Das war der Augenblick, in dem ich aufwache, ich glaube, ich habe geträumt! Das ist doch absolut lachhaft. Aber ich bin beeindruckt genug, um ungewöhnlich schweigsam beim Frühstück zu sein.

Das fällt sogar Barbara auf: „Na sag mal, welche Laus ist Dir denn über die Leber gelaufen? Sonst redest Du doch schon morgens über alles, was Dich bewegt. Hast Du schlecht geträumt?"

Das war mein Stichwort: „Komisch, dass Du mich das fragst und ja, ich habe etwas Merkwürdiges geträumt." Ich erzähle ihr meinen letzten Traum und einmal angefangen auch noch meinen ersten Traum von und mit Elias.

Barbara ist neugierig und kennt sich aus: „Persönliche Verbindungen in nächtlichen Träumen sind gar nicht so selten wie gedacht, nur lassen sich die wenigsten Menschen darauf ein. Eine Steigerung wäre dann nur noch ein interaktiver Traum, in dem sich Träumender und Geträumter absichtlich austauschen und unterhalten. Dazu braucht es allerdings ein Traumelement, das in jedem dieser Träume vorkommt und als Botschaftsübermittler benutzt wird."

Mir fällt sofort die weiß-lila Wunschwolke ein, sie war in allen diesen Träumen vorhanden, und als ich das Barbara erzähle, fällt mir auch mein Katzenwunsch-Traum wieder ein und das rote Katzenhaar, das ich am nächsten Tag an meiner Kleidung gefunden habe. Und da ich schon einmal dabei bin, erzähle ich meiner Schulfreundin gleich noch meinen Tagtraum, den ich am helllichten Nachmittag in diesem kleinen Café um die Ecke hatte, da wo zuerst die weiß-lila Wunschwolke auftauchte und dann irgendwie Elias in Person am Nebentisch.

Doch jetzt ist Barbara belustigt, „Marie und sonst geht's Dir gut? Du hast wirklich eine blühende Phantasie, vielleicht solltest Du Schriftstellerin werden und Fantasyromane schreiben. Denn nur dort können sich Traum und Wirklichkeit vermischen."

Sie wirkt plötzlich besorgt über mein psychisches Wohlbefinden und stellt mir eine Reihe psychologischer Fragen über mein derzeitiges Leben und meine Pläne. Obwohl ich weiß, dass es leicht ist, von einer Neurose in eine Psychose zu rutschen, möchte ich mich auf keinen Fall als „Borderline-Fall" abstempeln lassen und beantworte ihre Fragen so harmlos wie möglich.

Elias ist erst mal vom Tisch und trotzdem hat mir Barbara weitergeholfen, ich werde mich in Zukunft auf die weiß-lila Wolke konzentrieren und versuchen gezielt mit Elias in Kontakt zu treten. Doch dieses Vorhaben schiebe ich auf, bis Barbara wieder abgereist ist. Elias scheint das zu merken und lässt mich in Ruhe.

Barbaras Urlaubswoche vergeht schnell und als wir uns „Adéus" und „bis zum nächsten Mal – Até a proxima" gesagt haben und sie auf dem Weg zum

Flughafen und ihrem Heimflug ist, merke ich erst, wie anstrengend es doch für mich ist, den ganzen Tag mit einem anderen Menschen zusammen zu verbringen. Ich bin froh wieder allein zu sein und mich meinem Vorhaben „Elias" widmen zu können.

## *Wie kann ich den Mann meiner Träume treffen?*

Irgendwo in meinen esoterischen Büchern war doch eins über „Träume und wie man seine eigenen beeinflussen kann". Und so ist es. In diesem Traumratgeber stehen eine Menge Vorschläge und Ideen, leider jedoch keine, die mir weiterhelfen, denn es ist mir unwichtig zu lernen „bewusst von grünen Frühlingswiesen oder Einhörnern zu träumen". Obwohl, Einhörner finde ich auch interessant, aber jetzt geht es mir um Elias. Ich möchte lernen, wie ich mit ihm in meinen Träumen willentlich Kontakt aufnehmen kann. Das muss doch irgendwie gelingen. Nur wie? Mitten in meine Grübeleien kommt mir wieder eine Aussage meiner Psychologenfreundin Barbara in den Sinn: Es gilt ein gemeinsames Merkmal aller Träume zu finden und es zu benutzen, um Kontakt zu jemanden in meinem Traum herzustellen. Und natürlich, das kann nur die weißlila Wolke sein, die offensichtlich auch noch die Fähigkeit hat, Wünsche wahr werden zu lassen.

Jetzt kommt es mir zugute, dass ich mich nach der Trennung von Tom mit diesen zahlreichen esoterischen und mehr oder weniger psychologischen Ratgebern beschäftigt habe. Einer davon ist eine CD mit geführten Traumreisen, die unterlegt sind mit Meditationsmusik. Das Prinzip ist einfach: Man legt sich bequem hin, macht die CD an und „lässt geschehen", der eigene Geist darf sozusagen spazieren gehen und wird dabei von dem Sprecher der CD an schöne Orte geleitet.

Mir kommt eine Idee. Warum soll ich mir nicht meine eigene Traumreise zusammenbasteln, in der die Wunschwolke eine Rolle spielt? Ich kann richtig spüren, wie meine Lebensenergie zurückkehrt. So gut habe ich mich lange nicht gefühlt und endlich habe ich wieder ein für mich interessantes „Projekt" gefunden. Diesen Abend verbringe ich tatsächlich in Gesellschaft einer Kanne Pfefferminztees und eines Notizbuches. Zum ersten Mal seit langem trinke ich nach Sonnenuntergang keinen Alkohol und es fällt mir nicht einmal schwer, denn meine Konzentration ist auf etwas Sinnvolles und Spannendes gerichtet. Ich versuche mich an möglichst viele Tipps aus meinen Psychoratgebern zu den Themen „Traumreise" und „Selbsthypnose" zu erinnern und recherchiere außerdem im Internet dazu. Die Stunden vergehen wie im Flug und um Mitternacht habe ich ein aus meiner Sicht brauchbares Skript für meine ganz persönliche Traumreise aufgeschrieben. Die weiß-lila Wunschwolke bekommt darin natürlich eine Hauptrolle.

Am liebsten würde ich alles sofort ausprobieren, aber noch fehlt die Musik und hoppla, wie soll ich meine Traumreise denn nur mit einer schönen Entspannungsmusik unterlegen? Für technische Raffinessen fehlt mir nicht nur die Ausrüstung und das Know-how, sondern auch die Geduld. Ich möchte endlich Elias wiedersehen, meinetwegen auch nur im Traum. Dass ich wirklich Sehnsucht nach ihm spüre, möchte ich nicht mehr hinterfragen, es ist eben so. Es sollte im Leben auch Platz sein für scheinbar Sinnloses und Merkwürdiges; jedenfalls in meinem. Ab sofort erteile ich mir die Erlaubnis dazu und bemerke nebenbei, wie vernünftig und langweilig ich in letzter Zeit gewesen bin. Kein Wunder, dass es mir nicht gut geht und meine neu erwachte Kreativität meldet sich mit einem praktischen Vorschlag zurück: ich könnte meine persönliche Traumreise mit der Aufnahmefunktion auf mein Smartphone sprechen und diese Aufnahme später zusammen mit einer Meditationsmusik-CD abspielen lassen. Dass ich dafür zwei Geräte brauche, würde sämtliche Technikfreaks in schallendes Gelächter ausbrechen lassen, aber egal, für mich reicht es und es geht schnell.

Diesen Plan setze ich am nächsten Tag um und warte danach ungeduldig auf den kommenden Abend. Ich möchte meine Traumreise vor dem Schlafengehen machen und mit etwas Glück dabei einschlafen und mit noch mehr Glück Elias wiedertreffen. Tatsächlich schlafe ich ein, während ich meiner eigenen Stimme zuhöre und träume in dieser Nacht von vielem, aber nicht von Elias. Dasselbe spielt sich an den nächsten zwei Abenden und den darauffolgenden Nächten ab. Es ist wie verhext, ich war mir so sicher auf dem richtigen Weg zu sein. In meinem Leben haben Abenteuer anscheinend nichts zu suchen und es ist vielleicht besser wieder „normal" zu werden.

## Elias bittet mich um Hilfe

Als hätte Elias das gespürt und als wollte er mich vom Gegenteil überzeugen, zeigt er sich in dieser Nacht. Er sitzt wieder auf dieser mir bereits bekannten Waldlichtung auf dem Stein mit der Wunschwolke über sich und wieder ist er in grobes Leinen gekleidet. Als ich ihn mit meinem Traum-Ich so betrachte, kann ich seine Traurigkeit und Resignation beinahe körperlich spüren und ein Blick in seine blauen Augen bestätigt meine Wahrnehmung. Was immer auch sein Problem ist, er ist dabei aufzugeben. Das kann ich nicht zulassen. Tief in meinem Traum weiß ich, ich muss mit ihm reden. Keine Ahnung, wie das gehen soll, aber ich will ihm so gern mitteilen, dass ich da bin und ihm helfen möchte. Noch während ich das denke, dreht Elias seinen Kopf und blickt in meine Richtung. Mir ist gar nicht aufgefallen, dass ich eine Figur habe in diesem Traum, jedenfalls kann ich keine sehen, aber trotzdem scheint Elias mich geradewegs anzublicken.

„Marie! Wie schön, dass Du zurückgekommen bist. Ich kann spüren, dass Du mir freundlich gesonnen bist. Vielleicht bist Du noch das einzige Lebewesen, von dem ich das behaupten kann."

Obwohl ich niemand kenne, der so gestelzt redet und normalerweise darüber gelacht hätte, berühren mich seine Worte, so abgrundtief verzweifelt klingen sie.

„Wie kann ich Dir helfen, Elias?"

„Du hilfst mir schon durch deine freundliche Anwesenheit. Aber ich habe ein großes Problem, ich muss weg von hier und weiß nicht wie, sonst kommen sie mich holen".

Der Mann meiner Träume sieht sich nervös um. Etwas oder jemand scheint ihn wirklich zu beunruhigen. Aber noch bevor ich nach seinen Verfolgern fragen kann, ist ein Geräusch im Unterholz hinter ihm zu hören und so schnell kann ich kaum schauen, wie Elias aufspringt und in die andere Richtung

- in meine Richtung läuft -, um im dichten Wald Schutz zu suchen. Im wirklichen Leben hätte er mich dabei umrennen müssen, aber im Traum ist so ziemlich alles möglich und so rennt Elias durch mein Traum-Ich hindurch und verschwindet hinter meinem Rücken. In der Zwischenzeit ist grauer Nebel aufgezogen, der die noch leere Waldlichtung verhüllt. Irgendwie scheint sich der Nebel zu bewegen. Und tatsächlich kann ich bald schemenhafte Gestalten ausmachen, die darin verborgen sind. Genaue Konturen sind nicht zu sehen, diese Gestalten, die etwas grauer als der graue Nebel sind, scheinen umherzuwabern, mal rechts und mal links. Komischerweise bewegen sich aber weder Nebel noch Nebelgestalten über die Lichtung hinaus, etwas scheint sie aufzuhalten. Dass ich das sein könnte, kommt mir zuerst gar nicht in den Sinn, erst als die Verfolger beginnen leise und anhaltend zu knurren spüre ich, wie sich ihre feindselige Energie gegen mich richtet.

In diesem Augenblick läutet mein Handy und der Traum ist aus. Verschlafen blinzele ich in die Helligkeit eines angebrochenen Tages. Ich habe lange geschlafen in dieser Nacht. Das Handy neben meinem Bett gibt auf und verstummt. Kurz danach höre ich ein leises „Pling", die Mitteilung über eine eingegangene Bildnachricht. So etwas bekomme ich eigentlich nie. Neugierig öffne ich diese und erschrecke: das mir zugeschickte Foto ist wie eine Momentaufnahme aus meinem Traum, es zeigt eine Waldlichtung mit grauem Nebel auf der einen Seite und eine fliehende Gestalt unter den Bäumen auf der anderen Seite. Über dem Flüchtenden am Himmel schwebt eine weiß-lila Wolke. Auf dieser Seite des Waldrands befindet sich ein blinder Fleck auf dem Foto. Erschrocken erkenne ich, dass es die Stelle ist, von der aus ich im Traum das Geschehen verfolgt habe.

Dieses Foto scheint mich darauf hinzuweisen, dass der Traum mich nur vorübergehend an das reale Leben ausgeliehen hat. Ich muss wahrscheinlich nicht besonders erwähnen, dass diese Bildnachricht nach einer Stunde wieder verschwunden ist, noch bevor ich sie irgendjemand zeigen konnte. Dieses Verschwinden erscheint mir fast logisch, die grauen Gestalten wollen keine Zeugen, aber sie wollen etwas von mir, doch was? Und Elias will auch etwas von mir, er möchte, dass ich ihm zur Flucht verhelfe.

Eigentlich sollte ich mich gut fühlen, immerhin bin ich anscheinend die Hauptfigur in dieser Szene. Stattdessen fühle ich mich beunruhigt und bin ziemlich schreckhaft. Das fällt mir auf, als mein Handy wieder klingelt und ich dabei so erschrecke, dass ich beinahe die Kaffeetasse fallen lasse. Diesmal ist es eine wirkliche Person, Barbara. Sie bedankt sich nochmals für den schönen Aufenthalt bei und mit mir. Irgendwie habe ich den Eindruck, dass sie sich Sorgen um mich macht, denn sie stellt mir noch einige Fragen darüber ob es mir wirklich gefällt allein und freiberuflich in Portugal zu leben. Wenn sie wüsste, dass das gerade meine geringsten Sorgen sind! Sie würde es nicht verstehen und ich bemühe mich um einen leichten Plauderton. Smalltalk war allerdings noch nie meine Stärke und gerade jetzt noch weniger. Als Barbara halbwegs beruhigt das Telefonat beendet, geht es mir tatsächlich besser, sie hat es immerhin geschafft meine Konzentration von vergangener Nacht auf mein tatsächliches Leben zu lenken. Das will ich nutzen und mache wieder einmal eine Liste mit allem, das dringend erledigt werden sollte. Ich nehme mir vor, diese Liste abzuarbeiten, obwohl das sonst nicht meine Art ist und ich die Dinge lieber auf mich zukommen lasse. Doch gerade jetzt möchte ich nichts mehr auf mich zukommen lassen, mir reicht es noch von letzter Nacht und meine unterschwellige Nervosität ist leider ebenfalls immer noch da zusammen mit einem Gefühl drohenden Unheils.

Das ist natürlich alles Unsinn, schließlich verfüge ich weder über hellseherische Fähigkeiten noch bin ich sonst wie parapsychologisch begabt. Soweit ich weiß, werden Gefühle von Gedanken gemacht. Also weg mit diesen Gedanken und her mit meinem

Alltag und seinen Banalitäten. Mein Kühlschrank braucht dringend etwas zum Kühlen, ein Lebensmitteleinkauf in einem der nächst gelegenen kleinen Einkaufsläden - der Mini-Mercados - ist auf alle Fälle nötig.

## Die grauen Gestalten

Abgelenkt und beschwingt mache ich mich auf den Weg und habe bald zwei Einkaufstaschen voll notwendiger und nicht so notwendiger Lebensmittel eingekauft. Zu den letzten zählen Chips, Schokolade und Kekse als Ausgleich für meine nächtlichen Abenteuer. Das einzige, was fehlt, ist Rotwein. Ich möchte bei klarem Verstand bleiben und entscheide mich für ein paar Dosen Bier, Bier ist angeblich gut für die Nerven und kann helfen abends einzuschlafen.

Obwohl ich alle Einkäufe in zwei nahegelegenen kleinen Supermärkten gemacht habe, fühle ich mich bereits etwas erschöpft. Ein Kaffee mit einem süßen Kuchenstück wird mich bestimmt wieder auf die Beine bringen! Praktischerweise liegt da vorne an der Ecke dieses kleine Café mit den wenigen Tischen auf dem Gehweg und den selbst gebackenen Kuchen. Erleichtert plumpse ich auf einen der Außenstühle und bestelle bei der netten Bedienung, die schon auf mich gewartet zu haben scheint, einen großen Milchkaffee im Glas und ein Stück Mandelkuchen. Als beides vor mir auf dem kleinen blauen Plastiktisch steht, streift mich eine Erinnerung. Das hier ist doch der Ort, an dem ich Elias, den Mann meiner Träume, wirklich zu sehen geglaubt hatte. Ist das nicht ein komischer Zufall? Andererseits war ich in diesem Café schon vorher einige Male ohne eine mystische Begegnung zu haben. Und wie war das mit den Gedanken und den Gefühlen?

Um meine Gedanken anderweitig zu beschäftigen, konzentriere ich mich auf die Menschen in meiner Umgebung. Dem Café gegenüber liegt ein kleiner Park und rechts und links befinden sich noch andere Geschäfte, eines davon ist ein Souvenirladen mit Produkten aus der Region. Dazu gehören Gebrauchsgegenstände, Handtaschen und Geldbörsen, die aus Kork hergestellt sind. Dieser Laden ist dafür berühmt, deswegen gibt es hier fast immer eine Handvoll Touristen, die mit ihren Einkäufen die Wirtschaft des Landes unterstützen.

Etwas, was ich gern mache ist „Nationalitätenraten": es geht dabei allein durch Beobachten des Verhaltens und des Aussehens herauszufinden wer Engländer oder Deutscher oder Holländer oder Spanier ist oder von welchem Land auch immer. Im Geiste fange ich an die Gruppe der heute anwesenden Urlauber zu unterteilen und stutze. Ein paar Gestalten sind sehr untypisch in graue wallende Gewänder gekleidet. Vielleicht sind das Osteuropäer? Oder Anhänger einer tristen Sekte oder Glaubensgemeinschaft? Wahrscheinlich eher das, denn an ihren Schultern baumeln Kapuzen nach unten. Merkwürdig, solche Urlauber habe ich bisher noch nicht gesehen. Als ob sie mein Beobachten fühlen können, dreht sich einer von ihnen plötzlich um und schaut genau in meine Richtung. Dieser hat seine Kapuze auf dem Kopf. Aber nicht das ist es, was mich erschreckt aufschreien lässt, sondern die Tatsache, dass ich unter seiner Kapuze nur Dunkelheit sehen kann, eine Dunkelheit, die von zwei gelb glühenden Augen unterbrochen wird und diese Augen scheinen mich geradewegs anzustarren. Das alles dauert nur einen Moment, dann dreht sich dieser „Mensch" wieder um und im nächsten Augenblick ist die ganze graue Gruppe verschwunden. Wahrscheinlich sind sie jetzt in Ladeninneren, um ihre Einkäufe zu bezahlen und wahrscheinlich habe ich nur zu viel Phantasie.

Schlagartig ist mein besorgtes Gefühl zurück und ich mache mich eilig auf den Heimweg in mein Appartement. Hier fühle ich mich sicher, der Kühlschrank wird gefüllt mit meinem Einkäufen und es gibt weit und breit keine grauen Gestalten.

Es ist erst später Vormittag und deshalb bleibt genug Zeit um lästigen Papierkram zu erledigen und die Wohnung aufzuräumen. Normalerweise mache ich das so gut wie nie, doch heute ist jede alltägliche Beschäftigung eine wahre Wohltat. Wie konnte ich nur jemals leichtfertig denken mein Leben wäre zu langweilig? Jetzt kann es mir gar nicht langweilig genug sein.

Aber auch dieser Tag vergeht und eine weitere Nacht naht. Kurz bin ich versucht alle sechs eingekauften Bierdosen auf einmal auszutrinken, um eine erholsame und traumlose Nacht zu erleben, möchte aber nicht morgen schon wieder einkaufen gehen müssen und begnüge mich mit zwei Bier zu meiner Tiefkühlpizza. An diesem Abend schaue ich nur heitere und romantische Komödien im Fernsehen an und müsste so eigentlich gewappnet sein für eine schöne Nacht.

Was ich zu diesem Zeitpunkt jedoch noch nicht ahne: mit meiner selbstgezimmerten Traumreise habe ich eine Tür aufgestoßen ins Reich der Träume, die angelehnt bleibt, und nicht mehr so ohne weiteres verschlossen werden kann.


## Grauer Nebel


Als ich an diesem Tag spätabends im Bett liege, mich auf eine erholsame Nacht freue und bereits im ersten Dämmerschlaf langsam abtauche in das Reich der Träume, schrecke ich plötzlich wieder hoch und bin hellwach. Doch warum? Zuerst kann ich nichts Ungewöhnliches feststellen bis mein Blick auf die zugezogenen Vorhänge vor meinem Schlafzimmerfenster fällt, die sich im Wind nach innen bauschen. Ein Wind, der es schafft meine dicken roten Vorhänge nach innen zu bauschen, muss ziemlich stark sein. Und das ist nicht das einzig Merkwürdige, ist es doch Spätsommer und nächtliche Stürme gibt es zu dieser Jahreszeit hier eigentlich nicht. Boshaft denke ich bei mir „klar, eine Klimaveränderung gibt es nicht", als auch noch die Temperatur fällt und gleich darauf grauer Nebel hinter und unter den Vorhängen von draußen in mein Zimmer drängt. Das ist jetzt aber wirklich noch nie vorgekommen, eine mögliche Klimaveränderung hin oder her!

Der Spuk ist noch nicht vorbei, plötzlich bilde ich mir sogar ein, Männerstimmen hinter meinen Vorhängen flüstern zu hören. Und die Tonlage dieser Stimmen klingt nicht freundlich.

„Wenn das so weiter geht, wirst Du doch noch ein Fall für einen Psychiater. Einbildung ist auch eine Bildung. Wenigstens hast Du eine blühende Phantasie."

Mit solchen Parolen versuche ich mir Mut zu geben. Trotzdem habe ich das Gefühl, als würde es eine kleine Ewigkeit dauern, bis ich es schaffe meinen rechten Arm unter der Bettdecke hervorzuziehen und ihm zu befehlen auf den Einschaltknopf meiner Nachttischlampe zu drücken. Die bunte Lampe vom Trödelmarkt wirft einen sanften Lichtbogen um mein Bett herum und erst jetzt sehe ich, dass der graue Nebel schon weit in mein Zimmer eingedrungen ist. Interessanterweise scheint das elektrische Licht ihn zurückzuhalten, denn da, wo meine Nachttischlampe hinleuchtet, kann ich keine Nebelschwaden sehen. Das müsste bedeuten, „Licht schlägt Nebel" teilt mir mein Verstand erfolgreich mit. Und dann noch „Nutze diese Erkenntnis und tu was".

Gut, wenn ich es schaffe die Deckenleuchte anzuschalten, wird der Nebel besiegt. Nur, der Kippschalter für das Deckenlicht ist neben der Zimmertür und die ist ungefähr drei Meter von meinem Bett und dem jetzigen Lichtbogen entfernt. Das Adrenalin, das mittlerweile fühlbar durch meinen Körper gepumpt wird, hilft mir kreative Lösungen zu finden und mir fällt ein, dass mein Smartphone auf dem Nachttisch liegt und es natürlich eine Taschenlampenfunktion hat. Glücklicherweise ist es noch halb aufgeladen und wenn ich für drei Meter Weg nicht mehrere Stunden brauche, sollte das kein Problem darstellen. Was so lustig klingt, könnte durchaus Realität werden, denn wenn das Adrenalin meinem Verstand auch auf die Sprünge hilft, scheint mein Körper die „Totstellfunktion" gewählt zu haben und will meinen Wunsch sich in Bewegung zu setzen nicht nachkommen.

Sofort fallen mir weitere Plattitüden ein: „Wo ein Wille ist, ist auch ein Weg. Es ist alles nur eine Frage der Motivation. Bis Du heiratest, ist alles vorbei." So ein Quatsch, fehlt nur noch, dass ich Kinderlieder singe! Immerhin ist der Bann gebrochen und ich beginne hysterisch zu kichern. Bevor es zu schlimm wird, schnappe ich mir mein Smartphone, schalte die Taschenlampe ein, schwinge mich aus dem Bett und leuchte einen Lichtkorridor vom Bett zum Deckenlichtschalter. Ich kann sehen, wie der Nebel widerwillig dem Lichtschein weicht und mir den Weg freigibt. Als das Deckenlicht aufflammt, scheint es, als würde der Nebel mürrisch wispern, bevor er sich wieder unter und hinter den Vorhang zurückzieht. Schlagartig ist es windstill. Der Spuk ist im wahrsten Sinne vorbei und ich könnte endlich schlafen, doch daran ist heute Nacht nicht mehr zu denken. Ich möchte auf keinen Fall im Schlaf von diesem seltsamen Nebel überrascht werden. Und wenn ich schon nicht schlafen kann, kann ich genauso gut aufstehen und Kaffee machen. Auf dem Weg zur Küche schalte ich im ganzen Appartement die Lichter ein. Heute Nacht will ich mir keine Sorgen über die nächste Stromrechnung machen und am liebsten auch die folgenden Nächte nicht. Das elektrische Licht bleibt überall angeschaltet.

## Die Rune

Mit einer großen Tasse heißem Kaffee bewaffnet mache ich mich auf den Rückweg zu meinem Bett. Kurz bevor ich das Bett erreiche, fällt mein Blick nach rechts zu den noch immer zugezogenen roten Vorhängen, die jetzt schlaff und windlos herabhängen. Ich habe das Gefühl, irgendetwas möchte gesehen werden und tatsächlich, in einer Ecke unter dem rechten Vorhang liegt ein Gegenstand, der schimmert und das Deckenlicht reflektiert. Erst als ich ihn aufhebe, merke ich wie schwer er ist, trotz seiner geringen Größe. Er ist oval, etwa so groß wie ein Hühnerei und scheint aus massivem blank poliertem Stein zu sein. In der Mitte ist ein Symbol eingraviert, unbekannte Schriftzeichen, die einen geflochtenen Kranz bilden.

Wie kommt dieses Ding in mein Zimmer und was hat es zu bedeuten? Mir fallen Abenteuerfilme wie Indiana Jones ein. Da wäre jetzt der Zeitpunkt gekommen einen befreundeten Archäologen um Rat zu fragen. Bedauerlicherweise kenne ich keinen Archäologen und auch niemanden, der einen kennt. Außerdem möchte ich nicht alle Klischees bedienen, wer immer dieses Teil bei mir verloren hat, soll es sich gefälligst wieder abholen. Aber nicht aus meiner Wohnung. Deshalb lege ich den Gegenstand raus auf meinen kleinen Balkon und schließe die

Fenster, nachdem ich ihn vorsichtshalber mit meinem Smartphone fotografiert habe.

Irgendwie bin ich mir sicher, dass der Rest der Nacht friedlich verlaufen wird und kann jetzt endlich noch ein paar Stunden lang schlafen ohne störende Träume oder andere Ereignisse. Nach dem Aufwachen spät am nächsten Vormittag möchte ich mir am liebsten einbilden, alles nur geträumt zu haben, wäre da nicht dieses metallene Ding auf meinem Balkon. Es ist tatsächlich noch da, nur merkwürdigerweise an einer anderen Stelle, mehr am Längsrand, wo der Balkon zur Straße hin endet. Vielleicht bilde ich mir das auch nur ein? Langsam bin ich mir nicht mehr sicher, was ich glaube erlebt zu haben und was tatsächlich geschehen ist.

Um das zu überprüfen, schaue ich im Internet nach, ob es Meldungen über einen ungewöhnlichen Sturm letzte Nacht gibt. Es gibt keine. Als Nächstes möchte ich etwas über meinem neuen metallenen Besitz herausfinden. Wenn ich mir vorstelle, wie ich Elias bisher gekleidet gesehen habe, müsste ich ihn zeitlich im Mittelalter ansiedeln und demnach müsste auch das Symbol des geflochtenen Kranzes etwas mit dem Mittelalter zu tun haben.

Einige Stunden und einige Tassen Kaffee später finde ich es, es ist eine Rune, die bei einem kleinen Volksstamm folgende Bedeutung hatte: der Träger dieses Metalls war ein „Auserwählter mit besonderen Fähigkeiten". So jedenfalls wird es in einer historischen anthropologischen Doktorarbeit beschrieben, die ich in der Onlinebibliothek einer kleiner deutschen Universität gefunden habe. Der Verfasser dieser Doktorarbeit ist ein gewisser Ruben Almann. Interessanterweise ist sie erst vor einem halben Jahr veröffentlicht worden und somit habe ich gute Chancen, dass sich der Doktorand  noch an seine Dissertation erinnern kann und ein Versuch ist es alle Mal wert. Ich verfasse eine E-mail an den Lehrstuhl dieser Uni und gebe darin an, einen Artikel über Symbole des Mittelalters veröffentlichen zu wollen.

Um auf andere Gedanken zu kommen und die Wartezeit abzukürzen bis mir Ruben Almann hoffentlich antwortet, besuche ich das nächste Café gleich an der Ecke meines Wohnhauses. Von meinem Stuhl auf der Terrasse kann ich sogar mein Appartement und den Balkon im Blick behalten, obwohl das nicht weiter wichtig ist. In der Sonne zu sitzen und einen Mandelcroissant zu essen ist wirklich entspannend und aus alter Gewohnheit betrachte ich wieder die vorübergehenden Passanten und versuche mir vorzustellen, woher sie kommen und wohin sie wollen. Lustigerweise sind viele sehr unterschiedlich gekleidet, die in kurzen Hosen und T-Shirts sind eindeutig Touristen und die mit langen Ärmeln und langen Hosen Bekleideten Einheimische, die trotz des sonnigen Wetters noch keineswegs der Meinung sind, es wäre schon Sommer. Und die dort hinten mit den Regenkapuzen sind eindeutig fehl am Platz. Wieso haben sie eigentlich Kapuzen auf, wenn doch die Sonne scheint? Ich blinzele noch mal angestrengt, um diese Personen besser zu sehen, sie befinden sich etwas weiter weg unter meinem Balkon.

Kapuzenträger und Balkon! Mein inneres Alarmsystem schrillt. Noch während ich Geld hervorkrame für den Kaffee und den Croissant, sehe ich einen glänzenden Gegenstand von meinem Balkon fallen. Einer aus der Gruppe der Kapuzenmenschen streckt wie selbstverständlich seinen linken Arm aus und fängt scheinbar mühelos das Metall-Ei mit der kranzförmigen Gravur auf, um es dann beiläufig in die linke Tasche seiner Kutte zu stecken. Einige Sekunden später sind alle um die nächste Straßenecke verschwunden. Rasch gehe ich zurück in meine Wohnung und stelle erleichtert fest, dass sich nichts verändert hat. Es gibt keinen Hinweis darauf, dass jemand während meiner Abwesenheit hier gewesen ist, es scheint, als hätte die Rune auf meinem Balkon ein Eigenleben entwickelt und beschlossen sich hinunterfallen zu lassen in die Hände ihres Herrn. Ich habe keine Ahnung, wer diese Typen mit den Kapuzen sind, aber offensichtlich wollten sie die Rune auf keinen Fall bei mir lassen. Ein Glück nur, dass ich heute Morgen schon mehrere Fotos mit meinem Smartphone von diesem geheimnisvollen Gegenstand gemacht habe. Mein Smartphone habe ich immer bei mir, deswegen konnte auch niemand diese Fotos löschen. Vorsichtshalber versichere ich mich aber, dass sie noch da sind, denn wer weiß, wenn Runen schon von alleine von Balkonen fallen können, löschen sich möglicherweise auch meine Handyfotos von allein. Aber nein, sie sind noch alle da. Damit dass auch so bleibt, schicke ich sie gleich noch in meine digitale Cloud. Sie ist passwortgeschützt und dort kann sie ohne mein Einverständnis garantiert niemand wegholen.

### Eine bemerkenswerte Pizza

Mir fällt nichts mehr ein, was ich noch machen könnte, um dem Geheimnis um Elias auf die Spur zu kommen. Ich brauche Hilfe von jemand anderem, sei es von Elias selbst oder einer realen Person. Diese Erkenntnis fühlt sich sehr befreiend an, ich kann zur Zeit nichts mehr tun als abzuwarten und mich um mein eigenes Leben zu kümmern. Dazu gehört ausnahmsweise auch eine Thunfischpizza vom Pizzadienst. Sie wird zusammen mit einem Glas Wein und meinem bequemen Sofa den frühen Abend perfekt machen. Aus Kostengründen bestelle ich mir nie eine Pizza frei Haus, doch heute ist eine Ausnahme. Ich habe das Gefühl, eine Belohnung für bestandene Abenteuer verdient zu haben. Irgendwo gab es da doch einen Handzettel mit der Nummer eines Pizzadienstes in meiner Wohnung und tatsächlich, schon nach fünf Minuten Suchen habe ich ihn gefunden. Der Mitarbeiter am Telefon ist sehr freundlich und verspricht meine Pizza in einer halben Stunde liefern zu lassen. Tatsächlich klingelt es nach dreißig Minuten an meiner Tür und der Pizzabote, originellerweise bekleidet mit einem weiten Gewand aus groben Leinen, überreicht mir wortlos einen großen Pizzakarton. Er dreht sich um und verschwindet ohne eine Bezahlung abzuwarten. Das Symbol des Pizzaservices ist dunkelblau auf dem Deckel abgebildet: eine   geschlossene Ranke. Sie sieht der Gravur auf der Rune zum Verwechseln ähnlich. Ich muss vielleicht nicht extra erwähnen, dass es mit meinem Appetit schlagartig vorbei ist. Stattdessen nehme ich ein Glas Rotwein. Bei einem bleibt es nicht, und als die Flasche halb leer ist, bekomme ich doch noch Hunger, jetzt, wo die Pizza schon einmal da ist, kann ich sie auch essen. Das Symbol auf dem Pizzakarton ignoriere ich so gut es geht und die paar Gläser Wein, die ich bereits getrunken habe, helfen mir dabei. Eigentlich ist das alles gar nicht so schlecht, habe ich doch jetzt eine kostenlose Pizza, die auch noch ziemlich gut schmeckt. Wer immer der Witzbold war, der mir einen Schrecken einjagen wollte, Pizza backen kann er und zwar so gut, dass ich tatsächlich die ganze Thunfischpizza aufesse und sogar noch mit den Fingern die letzten Krümel zusammensuche. Genau dabei fällt mir etwas am Boden des Pizzakartons auf: dort ist ein zusammengefalteter Zettel angeklebt, der sich leicht lösen lässt. Neugierig und immer noch ziemlich entspannt mit Hilfe zwei weiterer Gläser Rotwein, entfalte ich ihn und lese, was da steht „Wann holst Du mich zu Dir? E."

Das ist ja witzig, jetzt kleben die auch noch Rätsel in ihre Pizzakartons! Obwohl mir bereits leicht schwindlig ist vom Wein, möchte ich dem Pizzaservice gern danken für die gute kostenlose Pizza mit dem witzigen Rätsel. Doch so sehr ich auch suche, ich kann den Flyer mit der Werbung dieses Pizzadienstes nicht mehr finden. Komisch ist allerdings, dass seine Telefonnummer auch nicht mehr mit der Wiederwahltaste meines Telefons zu erreichen ist.

Mit ist das alles zu viel und ich möchte nur noch schlafen. Diese Nacht schlafe ich ungestört und kann mich am nächsten Morgen kaum an meine Träume erinnern, bis auf so eine Stimme, die meinen Namen gerufen hat mit der Frage, wann ich ihn endlich holen komme. Das macht aber überhaupt keinen Sinn und vermutlich habe ich mir das alles nur eingebildet, dem Rotwein sei Dank.

## Dr. Ruben Almann und die Zeichnung

Tatsächlich bekomme ich die nächsten Tage mein gewohntes Leben zurück, nichts und niemand Ungewöhnliches stört mich, bis drei Tage später mein Laptop mit einem leisen „Pling" den Eingang einer neuen E-Mai meldet. Der Absender ist ein gewisser Ruben Almann, der sich sehr über mein Interesse an seiner Doktorarbeit freut und meine Fragen gern beantworten will. Symbole des Mittelalters sind sein Steckenpferd. In Beantwortung seiner E-Mail schreibe ich vage über Symbole im Allgemeinen und einem im Besonderen, den ringförmig geflochtenen Kranz, der aus mir unbekannten Schriftzeichen gebildet wird. Und ich schicke gleich ein Foto von dem Messinggegenstand mit. Herr Almann soll schließlich denken, er hätte es mit einer interessierten Kollegin zu tun. Bereits einige Stunden später kommt seine Antwort unterlegt mit ein paar angehängten Fotos seinerseits. Er bestätigt mir unter anderem, dass der Träger meines Messingsymbols jemand ganz Besonderer ist und dieser Gegenstand so etwas wie ein Geheimzeichen, das seinen Besitzer ausweisen sollte. Diese Informationen sind eingebettet in eine Flut von Hinweisen auf andere Symbole der Antike und deren Verwendung. Bis jetzt habe ich noch nichts wirklich Neues erfahren und öffne deshalb noch die der E-Mail angehängten Dateien. Es handelt sich um einige Fotos mittelalterlicher Gegenstände, aufgenommen in verschiedenen europäischen Museen, wie in den Bildunterschriften vermerkt ist, und auch um Fotos einiger Zeichnungen, die mittelalterliche Szenen darstellen. Hauptsächlich sind es typische Marktszenen, aber eine abfotografierte Zeichnung sticht heraus.

Als ich sie zum ersten Mal sehe, bekomme ich Gänsehaut und eine intensive Erinnerung streift mich. Es handelt sich um eine Waldlichtung auf die von oben Sonnenlicht fällt. In der Mitte befindet sich ein flacher, grünlicher Stein mit einem aufgemalten Muster: meinem Runenkranz. Auf der linken Seite der Lichtung kann ich mit Mühe einige dunkle Gestalten ausmachen, die fast schon zwischen den dunklen, großen Bäumen verschwinden. Sie tragen Kapuzen, während die einzelne andere Gestalt in dieser Szene sich nach rechts gewendet hat. Sie geht mit dem Rücken zu mir auf die Bäume zu und ist in graues sackartiges Leinen gekleidet mit einer knöchellangen Hose und einer Art Kittel darüber. Selbst wenn ich ihr Gesicht nicht sehen kann, ich bin mir sicher, das ist Elias. Auf der Bildunterschrift ist vermerkt, dass diese Zeichnung in einem Museum in Lissabon ausgestellt ist.

Ein paar Stunden später, als ich mich von dieser Entdeckung wieder einigermaßen erholt habe, denke ich über meine Möglichkeiten nach. Natürlich kann ich nach Lissabon fahren in dieses Museum. Und dann? Soll ich dem Pförtner dort mitteilen, dass er den Mann meiner Träume bei sich hat? Auch wenn es nur eine Zeichnung ist. Es ist nicht davon auszugehen, dass jemand der Museumsmitarbeiter etwas über Elias weiß.

Vielleicht kann mir Herr Almann nochmals weiterhelfen, ein Versuch ist es wert. Er hat sich schließlich in seiner Doktorarbeit ausführlich mit dieser Thematik beschäftigt. Tatsächlich habe ich Glück und schon am nächsten Tag – nach einer ereignislosen, normalen Nacht – habe ich seine Antwort in meinem E-Mail-Eingang. Der frischgebackene Herr Dr. phil. kann sich erinnern, dass es eine überlieferte Geschichte über meinem Elias gibt. Elias war das letzte noch lebende Familienmitglied einer Königsfamilie auf der Iberischen Halbinsel, alle anderen waren in Kämpfen und Hinterhalten ausgelöscht worden. Der Runenkranz wies ihn als legitimen Thronfolger aus. Eine andere einflussreiche Adelsfamilie wollte ihrerseits das Königreich übernehmen und einen ihrer Söhne - Aaron - als neuen König einsetzen. Dazu musste Elias allerdings für immer verschwinden oder noch besser einem „Unfall" zum Opfer fallen. Um das zu erreichen wurde eine Gruppe Mönche angeheuert, die dafür bekannt war, für einige Goldmünzen alles zu tun.

Das ist alles, was Herr Dr. Almann darüber weiß und da er sich ausgiebig über diese Zeit informiert hat, kann ich mir fast sicher sein, auch nicht mehr darüber herauszufinden. Und genauso ist es, im Internet ist nichts darüber zu finden. Zumindest kenne ich nun einen weiteren Namen: Aaron. Ich glaube zu verstehen, was Elias von mir will, er möchte vor Aaron und den gedungenen verbrecherischen Mönchen gerettet werden und er braucht Hilfe, um dieser Verfolgung zu entkommen.

## Eine gute Idee wird dringend gesucht

Diese Erkenntnis bereitet mir Kopfschmerzen. Was will er von mir? Und wie kann ich ihm helfen? All dieses Ereignisse um Aaron und Elias haben sich vor sehr vielen Jahren zugetragen, zu einer Zeit, in der ich mit Sicherheit noch nicht gelebt habe, es sei denn, Reinkarnation wäre möglich. Aber das auch noch mit einzubeziehen, ist mir jetzt doch zu viel. Es ist wie eine Gleichung mit zu vielen Unbekannten. Vielleicht gibt es irgendwelche Vorfahren meiner Familie, die damals in die Geschichte verwickelt waren, aber um ausgiebige Ahnenforschung zu betreiben habe ich weder Zeit noch Lust. Angenommen, all diese mysteriösen Ereignisse der letzten Wochen wären tatsächlich eine Gleichung mit Unbekannten, was genau ist bekannt? Einerseits ist da diese mittelalterliche Thronfolgerjagd und anderseits ein Hilferuf an mich in meiner Gegenwart und das spielt sich hauptsächlich in meinen Träumen ab. Andererseits gibt es auch ein paar Manifestationen der Beteiligten in meinem tatsächlichen Alltag, sowohl die Mönche als auch Elias habe ich schließlich schon auf der Straße gesehen.

Umso mehr ich darüber nachdenke, umso mehr fällt mir auf, dass das tatsächliche Erscheinen der Personen von damals im Laufe der Wochen gehäufter auftritt. So als wollte sich Elias immer dringender mitteilen und als wollten seine Verfolger ihn immer dringender einholen. Die Zeit zu handeln scheint abzulaufen.

So, jetzt habe ich wirklich Kopfschmerzen, von zu vielem Nachdenken, zu viel Verantwortung und dem Gefühl ablaufender Zeit ohne eine konkrete Idee wie ich helfen könnte. Mit etwas Rotwein bekomme ich vielleicht eine brauchbare Idee.

Und genauso ist es, nach drei Gläsern Wein fällt mir diese Hollywoodschnulze ein, in der ein Mann aus der Vergangenheit eine Zeitreise macht und sich in eine junge Frau aus der Gegenwart verliebt, die ihm dann das moderne Leben erklären muss. Der Name des Films fällt mir nicht ein, hat da nicht Sandra Bullock mitgespielt? Aber die Botschaft des Films verstehe ich und plötzlich ist alles glasklar: Ich muss Elias dauerhaft in meine Welt holen, um ihn vor den Kapuzenmännern der Vergangenheit zu retten! So froh ich bin die Lösung gefunden zu haben, so deprimiert fühle ich mich anschließend. Wie soll das denn gehen? Eine „Zurück in die Vergangenheit und dann ab in die Gegenwart-Zeitmaschine" zu bauen gehört ganz sicher nicht zu meinen Fähigkeiten und „Beam me up, Scotty" a la Raumschiff Enterprise ist auch keine Methode, die ich beherrsche.

Wer könnte mir vorwerfen, dass auch der Rest der Flasche Rotwein daran glauben muss? Und während sich mein Geist rotweinselig entspannt und mein Verstand etwas eingenebelt ist, erinnere ich mich, was zu tun ist. Wahrscheinlich hätte ich das gleiche Ergebnis ohne Rotwein mithilfe eines Hypnosetherapeuten erreichen können: den Verstand ruhigstellen und der Weisheit des eigenen Unterbewusstseins mehr Raum zu verschaffen, aber ehrlich, so ist es viel angenehmer und preiswerter sowieso.

Der Plan ist, da weiterzumachen, wo ich schon einmal war und meine persönliche Traumreise zu nutzen, um mit Elias in Kontakt zu treten. Dieses Mal werde ich ihn fragen, wie ich ihm konkret helfen kann. Denn wie soll ich das wissen? Glücklicherweise ist es bald Zeit schlafen zu gehen. Das Smartphone flüstert mir dabei in meiner eigenen

Stimme meine Traumreiseaufnahme ins Ohr, ich visualisiere die weiß-lila Wunschwolke und befinde mich bald darauf in einem aufregenden Traum.

## Eine traumhafte Begegnung

Wieder spielt die geheimnisvolle Waldlichtung eine Rolle, in dem Traum sitze ich auf dem runenverzierten flachen Stein in der Mitte und kann zum ersten Mal selbst meine Erscheinung sehen. Ich sehe alles so, als wäre ich gerade dort, dunkle lange Haare fallen mir über die Schultern und ein langärmliges, langes und weites Kleid aus braunem groben Stoff mit einem einfachen Gürtel bedeckt mich. Das ist sicherlich nicht die Art Mode, die ich auswählen würde, aber für die Zeit meiner Träume scheint es passend zu sein. Immerhin ist ein rötliches Muster am Ende der Ärmel und am Kleidersaum eingewebt und macht mich etwas attraktiver. Vom Erleben her scheinen mein Traum-Ich und mein schlafendes Jetzt-Ich eine Einheit zu bilden. Ich kann die Sonnenstrahlen fühlen, die von oben zwischen den Bäumen um die Wunschwolke herum einfallen. Und ich kann sogar den Wind hören, der leise durch die Bäume streicht. Komischerweise ist ansonsten nichts zu hören, die hohen, dunklen Bäume um die Lichtung herum scheinen sogar Vögel oder andere Tiere abzuschrecken. Außer mir kann ich niemand sonst sehen. Und selbst im Traum möchte ich nicht länger als nötig an diesem unheimlichen Ort bleiben.

Es wird Zeit, dass etwas passiert.

„Elias?", lasse ich mein Traum-Ich rufen.

Keine Antwort. Täusche ich mich oder hat der Wind zugenommen und die Bäume rauschen noch unheilvoller?

Aber da, ist da nicht ein Wispern von rechts? „Marie!"

Tatsächlich kann ich eine Bewegung am Waldrand sehen und Elias tritt etwas zwischen den Bäumen hervor. „Marie komm schnell, mich darf niemand sehen."

Die dunkelhaarige Frau mit den langen Haaren steht auf und geht langsam auf Elias zu. Wieder ist es, als wäre ich diese Frau in diesem Augenblick selbst und als wäre das alles kein Traum, sondern mein wirkliches Leben. Ich bin eins mit dieser mittelalterlichen Frau und kann genau die Hand von Elias spüren, mit der er mich am rechten Ärmel fasst und zwischen die Bäume zieht.

„Marie, wie schön, dass Du gekommen bist! Schnell jetzt, wir müssen hier weg, bevor Aarons Mönche uns entdecken."

Seine rechte Hand fasst nach meiner linken Hand und schnellen Schrittes zieht er mich hinter sich her, weiter hinein in die Dunkelheit des Waldes. Ich habe Mühe hinterherzukommen und ein Gedanke aus der Neuzeit streift mich, „vielleicht sollte ich mich doch in einem Fitnesscenter anmelden, um in Zukunft mit dem Mann meiner Träume Schritt halten zu können?"

Der plötzliche, laute Ruf einer Eule bringt mich in meinem Erleben zurück zu Elias. Während ich hinter ihm über den unebenen Waldboden stolpere, könnte ich eigentlich fragen, was er überhaupt vor hat.

„Elias, was soll das alles? Hast Du einen Plan?"

Stirnrunzelnd bleibt er kurz stehen und blickt mich an: „Was meinst Du?"

Ich verstehe, dass er mich nicht versteht. Die Ausdrucksweise des Mittelalters muss ich wohl erst noch üben und versuche es noch mal: „Wo bringst Du mich hin? Und mit welchem Ziel?"

Schon besser, ich kann seine Erleichterung sehen: „Das Ziel ist es, den Mönchen endgültig zu entkommen, Aarons Familie zu überzeugen und die Herrschaft über mein Volk auszuüben."

Na toll. Warum nicht im Großen denken? Leider habe ich nicht den Eindruck, dass er weiß, wie er all das erreichen könnte. Es ist schön, ihm nahe zu sein, aber langsam reicht es mir mit dieser schnellen Walddurchquerung. Gerade als ich mich von diesem Traum verabschieden möchte, passiert es. Ich trete neben den Weg, stürze und falle und rolle eine steile Böschung hinunter. Mein Sturz ins Tal ist leider nicht nach kurzer Zeit unten auf dem Waldboden zu Ende. Im Gegenteil, es scheint tiefer und tiefer zu gehen und dazu noch immer schneller. Bald habe ich das Gefühl, als würde ich von einer sich drehenden, lila-weißen Geschwindigkeitsspirale eingesogen werden und durch deren Mitte weiter in unbekannte Tiefen hinabstürzen. Erfreulicherweise hat mein Fall dann doch ein Ende, nach einer gefühlten Ewigkeit, aber in einem Traum hat das nicht so viel zu sagen, Zeit kann da sehr relativ sein.

## Elias besucht mich

Die lila-weiße Abwärtsspirale spuckt mich auf eine ebenfalls lila-weiße weiche Unterlage aus und sie kommt mir seltsam vertraut vor, diese lila weißen Karos auf der Decke unter mir. Genau an dieser Stelle ist mein Traum aus. Das denke ich zumindest. Während ich meine Augen aufschlage und mich in meinem eigenen Schlafzimmer auf meiner eigenen lila-weißen irdischen Bettdecke zu orientieren versuche, macht es „Plopp" und wie ausgespuckt von der Zeit oder woher auch immer, liegt plötzlich Elias neben mir. Auf meinem Bett. In meinem Schlafzimmer. In der Gegenwart meines irdischen Lebens.

Das kann doch nicht sein! Wahrscheinlich träume ich doch noch. Elias in seinen mittelalterlichen Gewändern passt so überhaupt nicht zu meinem Schlafzimmer! Dennoch ist er da und schaut sich sichtlich verwundert um.

„Marie, was soll das? Wo sind wir hier?"

Was das soll, weiß ich auch nicht, wo wir sind dagegen schon. Doch wie soll ich ihm das erklären?

„Du bist bei mir als mein Gast." Immerhin klingt das gut und er scheint es zu verstehen. Jedenfalls stellt er in den nächsten drei Minuten keine weiteren Fragen mehr. Oder ist er nicht so intelligent wie ich ihn gerne hätte? Ein Durcheinander von Gedanken macht sich in meinem Kopf breit. Oder ist er etwa fatalistisch oder spinne ich ernsthaft?

Da, endlich, er sagt wieder etwas: „Marie, wir müssen reden."

Wie wahr. Wahrscheinlich ist er doch nicht so intelligent, flüstert mir eine boshafte innere Stimme zu. Dazu fällt mir auch keine intelligente Antwort mehr ein außer „Ja".

Und dann hält er mir einen Vortrag über sein Leben, seine Verfolger und seine Ziele. Leider verstehe ich nicht wirklich viel von dem, was er sagt, denn mittlerweile bin ich verwirrt und kann mich kaum noch auf seine Worte konzentrieren. Stattdessen betrachte ich ihn und mache mir bewusst, dass ich tatsächlich mit dem Mann meiner Träume in meinem Bett liege. Auf meinem Bett, um genau zu sein. Das war doch das, was ich mir gewünscht habe. Ich bekomme das alles irgendwie nicht zusammen. Jetzt schaut mich Elias auch noch erwartungsvoll an. Mist, er will eine Antwort auf irgendetwas und ich habe nicht zugehört.

Ich denke, ein „Ja, Du hast vollkommen recht" könnte hinhauen.

Tut es auch. „Marie, ich danke Dir, dass Du mir helfen willst."

Und schon wird wieder alles kompliziert. Helfen wie und wobei? Ich könnte ihm immerhin ein ausgedrucktes Foto der Rune geben, vielleicht gefällt ihm das. Praktischerweise habe ich eins in meiner Nachttischschublade und überreiche es ihm feierlich. Elias schaut ratlos darauf. Natürlich! Er kennt keine Fotos.

„Elias, das ist ein Geschenk von mir für Dich. Hab keine Angst, es ist eine Zeichnung aus der Neuzeit", versuche ich ihn zu beruhigen. Es scheint zu funktionieren, denn noch bevor ich weiter nachfragen kann, steht er auf, steckt das Foto in seinen rechten Ärmel, strahlt mich an und sagt: „Dann werde ich Dich jetzt verlassen. Wenn es soweit ist, melde ich mich bei Dir," geht wie selbstverständlich zu meiner Wohnungstür und verschwindet in den Hausflur. Danach höre ich die Tür zur Straße ins

Schloss fallen, ich bin wieder allein und eigentlich sehr froh darüber.

Kann man um vier Uhr morgens eigentlich Wein trinken? „Unbedingt", dieses Mal sind sich meine inneren Stimmen einig. Und während ich in dieser denkwürdigen Nacht nun allein auf meinem Bett sitze zusammen mit einem großen Glas Rotwein und langsam realisiere, dass ich zum ersten Mal mit Elias in meiner Welt persönlich geredet habe, habe ich keine Ahnung, was das wirklich bedeutet und werde noch lange keine Ahnung davon haben.

## Warten

Mein Leben geht weiter. Fast so wie bisher. Neben den Alltagsdingen, zu denen es auch gehört mich endlich wieder einer bezahlten Übersetzungsarbeit zu widmen, bin ich angespannt und warte auf ein Zeichen von Elias. Ich möchte, dass unser Abenteurer weitergeht. Seit der Nacht, als er mit mir in meinem Appartement war, habe ich nicht mehr von ihm geträumt. Es ist, als hätten unsere Traumbegegnungen ihren Zweck erfüllt. Welchen genau, ist mir allerdings schleierhaft. Das kann es doch nicht gewesen sein! Ich soll ihm helfen, habe keine Ahnung wie und bei was genau und jetzt lässt er mich einfach sitzen mit meiner Ahnungslosigkeit.

Bitte nicht schon wieder ein Mann, der mich verlässt! „Geduld" und „Loslassen" sind nicht direkt Stärken von mir. Trotzdem bleibt wohl nichts anderes übrig als abzuwarten und zu hoffen.

### Elias kommt zurück

Einige abwartende Wochen später ist es dann soweit. Elias kommt zurück und zwar sehr irdisch. Eines Nachmittags klingelt es an meiner Wohnungstür und Elias steht davor. Bevor mir etwas Sinnvolles einfällt, drängt er sich bereits an mir vorbei und schließt die Tür von innen.

„Marie, wie schön Dich zu sehen," sagt er und tut so als wäre er nur eben mal Brötchen holen gewesen.

Ich suche nach einer sinnvollen Erwiderung: „Hallo Elias, wie geht es Dir?" Ok, sinnvoll ist anders, aber immerhin habe ich überhaupt etwas gesagt. Was mich noch mehr verwirrt, ist Elias neue Kleidung. Er schaut aus wie ein Mann aus dem Mittelalter, der sich größte Mühe gibt sich neuzeitlich zu kleiden. Umso näher ich ihn betrachte, umso schwerer fällt es mir nicht loszukichern: Er trägt einen hellbraunen Leinenanzug mit einem grauen glänzenden Tuch um den Hals und einen Strohhut, ebenfalls mit einem grauen Band, auf dem Kopf.

Seltsam, dieser Aufzug. In der Gegend, in der ich wohne, wird er damit ungefähr so wenig auffallen wie ein rosa Elefant. Aber diese Ansicht behalte ich lieber für mich. Zumal er mich jetzt mit Informationen über seine Lage versorgt.

„Ich habe eine Möglichkeit gefunden, wie ich Dich in Deiner Welt besuchen kommen kann. Kannst Du Dich an den flachen Stein auf der Lichtung erinnern? Und weißt Du noch, Du hast mir doch letztes Mal diese neuzeitliche Zeichnung meines Kraftsymbols mitgegeben. Stell Dir vor, ich habe jemanden getroffen, der hat so ein Gerät, da legt man etwas Flaches rein und hinten kommt ein vollständiger Gegenstand davon wieder raus."

Aha, er meint einen 3 D Drucker. Noch während ich mich darüber wundere, dass er so jemanden kennt, spricht er auch schon weiter: „Dieser neue Gegenstand ist leider aus einem anderen Material, er ist leichter und biegsamer als meine Metall-Rune, aber ansonsten sieht er genauso aus mit der gleichen Farbe und mit dem gleichen Symbol. Und stell Dir vor, er funktioniert genauso gut. Also wenn ich mich mitten auf den flachen Stein stelle und mir mithilfe meiner neuen Rune die weiß-lila Wunschwolke herbeirufe, dann hilft sie mir, zu Dir zu kommen. Ich habe mir übrigens auch gewünscht, so angezogen zu sein wie in Deiner Welt. Gut, nicht?", strahlt er mich an.

Ich will ihn nicht entmutigen und nicke nur zustimmend. Leider fällt mir immer noch nichts ein, was ich zu diesem Gespräch beitragen könnte und so höre ich weiter zu.

"So und wenn ich das alles kann, dann kann ich Dich sicherlich auch in mein Leben mitnehmen. Du kommst mit und hilfst mir, die echte Rune wiederzubekommen, denn solange sie im Besitz meiner Feinde ist, haben die ebenfalls die Macht über mein Königreich. Es kann nur einen König geben und der bin ich."

Wieder muss ich feststellen, dass es ihm nicht an Selbstbewusstsein mangelt. Und eigentlich wollte ich ihn doch in meine Welt holen und glücklich und zufrieden mit ihm zusammenleben bis wir alt und grau sind.

Mir fallen Mittelalter-Filme ein mit Trinkszenen, die haben doch schon damals Rotwein aus Tonbechern getrunken, oder? Egal, sehr schnell hole ich die halbe Flasche Rotwein, die noch in meiner Küche steht und vorsichtshalber zwei Tassen, vielleicht kennt er kein Glas, wer weiß? Noch mehr möchte ich heute eigentlich nicht herausfinden über seine Pläne und ob Elias Glas kennt, keine Ahnung, aber er kennt Wein. Sehr bald trinken wir Rotwein aus Kaffeebechern und ich beruhige mich langsam wieder. Genau bis zu dem Moment, in dem er aufspringt, mich strahlend anlächelt und völlig unvorbereitet folgendes sagt: „Komm Marie, es ist Zeit zu gehen, wir haben noch viel zu erledigen!"

Was meint er? Das ist sicherlich ein Witz.

Aber nein, ist es nicht. Elias meint das ernst und kramt aus seiner rechten Hosentasche die Plastik 3 D Drucker Rune hervor. „Komm Marie, stell Dich neben mich, damit die Wunschwolke uns beide erfassen kann. Aber wir müssen nach draußen gehen."


## Elias nimmt mich mit

Klar, in einer Wohnung gibt es keine Wolken, noch nicht einmal Wunschwolken. Gut, dass ich einen Balkon habe. Noch immer völlig verdattert stehe ich einige Augenblicke später neben ihm auf diesem Balkon. Elias hält die Rune mit beiden Händen nach oben und stimmt einen geheimnisvollen Gesang an, von dem ich kein Wort verstehe. Meine Gedanken befassen sich mit irdischen Dingen: habe ich eigentlich alle elektronischen Geräte ausgeschaltet? Nicht, dass etwas passiert, während ich weg bin. Habe ich das gerade wirklich gedacht? Während ich weg bin? Es war doch nur ein Glas Wein und keine ganze Flasche!

Für weitere Überlegungen habe ich keine Zeit mehr. Die Sonne verdunkelt sich, weil eine Wolke über den Himmel zieht. Natürlich hat sie eine weiß-lila Färbung und Elias lächelt zufrieden. Mit seinem linken Arm umfasst er meine Schultern, mit der rechten Hand hält er immer noch das Plastikdings gen Himmel und immer noch singt er Unverständliches. Plötzlich öffnet sich die Wolke und erstreckt sich trichterförmig nach unten, umfasst uns und schluckt uns quasi wie ein Riesenstaubsauger auf. Um uns herum wird alles milchig weiß, es fühlt sich an, als würde ich aus einem Flugzeugfenster schauen und mich hoch über den Wolken befinden. Nur bin ich nicht in einem Flugzeug, sondern mittendrin im Geschehen. Zwecklos sich zu wehren, es wirbelt und saust nur so um uns herum. Eine gefühlte Ewigkeit später beruhigt sich die Wolke wieder und dünnt aus. Sonnenstrahlen fallen durch sie hindurch nach unten auf einen Waldboden. Sanft werden wir abgesetzt. Wie von Elias vorausgesagt, mitten auf den mir nun schon bekannten flachen Felsen in seinem mittelalterlichen Leben. Die Vögel zwitschern. Das bedeutet, wir sind allein. Gut und nun?

„Elias, was sollen wir nun tun?"

„Aber Marie, Du weißt doch, ich brauche die echte Rune. Am besten gehen wir in diese Richtung", dabei zeigt er Richtung Norden, „irgendwo dort ist das Kloster der abtrünnigen Mönche."

Dieser Mann hat einfach keinen Plan. Ich aber leider auch nicht, also folge ich ihm in die gewünschte Richtung. Bald schon schließen uns die großen Bäume ein und wir wandern durch das Halbdunkel des Waldes. Wie bereits vorher habe ich Mühe hinterherzukommen und bereue aufs Neue mein unsportliches Leben. Doch aufgeben gilt nicht, ich wüsste auch gar nicht, wie ich hier wieder wegkommen sollte.

Schweigend gehen wir hintereinander durch den Wald. Elias scheint zu wissen, wo es lang geht. Das hoffe ich zumindest. Tatsächlich erreichen wir irgendwann einen Pfad, der oft benutzt aussieht.

Elias zieht mich am Arm auf die Seite und flüstert: „Wir kommen nun in die Nähe des Klosters und wir müssen sehr, sehr vorsichtig sein. Keiner darf uns bemerken, sonst ist das unser Ende."

Ach so. Eine weniger dramatische Ansage hätte mich ehrlich gesagt auch gewundert.

Egal, ich befinde mich nur in einem meiner nächtlichen Träume. Das hoffe ich zumindest und schleiche möglichst lautlos weiter hinter Elias auf dem Pfad entlang. Endlich gelangen wir an eine scharfe Linkskurve und können weiter vor uns ein großes Gebäude aus grauem Stein ausmachen. Zu sehen oder zu hören ist niemand. Sollten hier nicht die verrückten Mönche herumlaufen?

Was wir nicht wissen können, die sind gerade in meiner Wohnung und nehmen alles auseinander. Schlecht für die Wohnung und meine Mietkaution, gut für uns. Wie gesagt, das wissen wir nicht und umrunden deshalb irritiert das leere Kloster. Elias vermutet sogar eine Falle. Aber nun sind wir schon einmal hier und beschließen das Risiko einzugehen und das Kloster zu betreten. Das windschiefe hölzerne Klosterportal macht dabei keine Schwierigkeiten und schwingt laut knarrend nach innen auf. Spätestens jetzt hätten eventuell anwesende Feinde uns bemerkt, aber nichts passiert.

Das Kloster ist zuerst so, wie ich mir eine Kloster vorstelle. Die Eingangstür führt direkt in einen Wandelgang und der wiederum umschließt einen Innenhof. In den Mittelalter-Filmen, die ich kenne, ist so ein Kloster ein friedvoller Ort voll Vogelgezwitscher, mit blühenden Kletterrosen, die sich an den Säulen des Wandelgangs hinaufwinden und einer meditativen Atmosphäre. In diesem Kloster ist nichts so wie in den Filmen. Es ist einfach nur grau und unheimlich. Die grauen Quadersteine, aus denen es gebaut ist, bröckeln an einigen Stellen ab und der Boden des Wandelgangs ist bedeckt von Schmutz. Kein einziger Vogel singt. Es ist fast so, als wären wir aus dem lebendigen Wald an einen toten Ort gekommen. Links hinten entdecken wir eine weitere windschiefe Holztür, die zu einem großen Speisesaal führt, oder das, was davon übrig ist. Holztische und Holzbänke liegen kreuz und quer herum, nur einige stehen noch und auf einem der verdreckten Tische befindet sich tatsächlich noch ein

Tonkrug mit ein paar Bechern. Für häusliche Hygiene scheinen sich die Bewohner des Klosters nicht sehr zu interessieren. Im Hintergrund stehen einige kleinere Türen offen, die zu den Klosterzellen mit den Schlafstellen führen. Eigentlich erübrigt es sich fast zu erwähnen, dass auch diese schmutzig und verwahrlost sind.

Bei allem, was wir bis jetzt gesehen haben, gibt es keinen Ort, wo eine Rune versteckt sein könnte. Elias setzt sich auf eine Schlafpritsche, so ratlos habe ich ihn noch nie gesehen.

„Marie, es ist zwecklos. Wir werden meinen Runenstein sicher nicht finden. Alles ist verloren."

Ich kann es kaum ertragen meinen Traummann so niedergeschlagen zu sehen. Wir sind schon so weit gekommen, da kann er doch nicht ernsthaft an Aufgeben denken. Irgendwie muss ich ihn motivieren, nur wie? Ins Stresssituationen funktioniert mein Gehirn komischerweise am besten.

So auch jetzt, mir kommt eine Idee: „Elias, sag mal, so ein Kloster, egal wie hässlich es ist, muss doch eine Kapelle haben. Sonst wäre es ja kein Kloster, oder?"

Elias ist tatsächlich beeindruckt und ich bin glücklich. Wann habe ich schließlich zum letzten Mal einen Mann beeindruckt?

„Du hast Recht, irgendwo hier muss ein Ort sein, um Gebete zu sprechen. Wenn er nicht hier in diesem Hauptgebäude ist, dann auf alle Fälle in der Nähe. Komm, lass ihn uns suchen."

So gefällt er mir schon besser und natürlich komme ich gern mit in einem dunklen Wald, um nach einer Kapelle zu suchen, die von gewalttätigen Mönchen benutzt wird. Habe ich das gerade tatsächlich gedacht? Vielleicht gibt es in diesem Wald irgendwelche Pflanzen, deren bloße Anwesenheit betörend wirkt? Egal, wir haben eine Plan und machen uns auf, die Kapelle zu suchen. Da wir nicht wissen, wo sie sein könnte, beschließen wir systematisch vorzugehen und in immer größeren Kreisen das Kloster zu umrunden. Als wir das zum dritten Mal machen und der gewanderte Kreis schon ganz schön lang ist, haben wir endlich Glück. Hinter einer Hecke aus einer wildwachsenden, weiß blühenden Kletterpflanze, die sich an den Bäumen hochzieht, ist die obere Hälfte eines kleinen Turms zu sehen. Inmitten der Kletterpflanze gibt es einen kleinen Durchschlupf und dann stehen wir vor der Kapelle des alten Klosters oder was auch immer das ist. Es ist tatsächlich nur ein runder Turm, ebenfalls halb verfallen. Auf Bodenhöhe befinden sich nach den Himmelsrichtungen ausgerichtet vier Torbögen ohne Türen. Wir treten durch den Nächstliegenden, den Südlichen. Wie sich herausstellt, ist das Innere des Turms in vier gleich große Kammern aufgeteilt, ähnlich den Vierteln eines Kuchens. Diese Kammern sind untereinander nicht verbunden und nur von außen zu betreten. Jede scheint einem anderen Zweck zu dienen.

Eine ist an den Innenwänden bemalt mit Sternbildern und scheint der Astrologie vorbehalten zu sein. In der nächsten befindet sich ein stabiler Käfig mit dicken Eisenstangen und einer Tür, die von außen versperrt werden kann. Ich möchte nicht wissen, wer oder was hier gefangen gehalten werden soll. Heute ist der Käfig zu meiner Erleichterung leer. Die dritte Kammer schließlich ist ausgestattet wie ein religiöser Anbetungsort: ein Altar und ein darüber aufgehängtes Holzkreuz zeigen das. Vielleicht bin ich aber auch nur naiv und der Altar ist für etwas anderes bestimmt als fromme Andachten. Ich beschließe bewusst naiv zu sein! Die vierte und letzte Kammer ist eine Überraschung für uns. Es befindet sich ein steinerner Thron darin, umhüllt von rotem Samt. Daneben auf einem kleinen Podest liegt etwas wie ein Zepter.

Elias schaut mich an und wahrscheinlich haben wir den gleichen Gedanken, wenn etwas zu finden ist, was die Wahl des nächsten Königs betrifft, muss es hier sein! Die Wände dieser Kammer sind mit den Formen und Zeichen verschiedener Runen bemalt. Elias stellt sich konzentriert in die Mitte und versucht deren Bedeutung zu entschlüsseln. Umso länger er liest, umso besorgter wirkt er.

„Marie, das kann nicht wahr sein! Hier steht, dass ein Krieg in unserem Land geplant ist. Gleich, nachdem Aarons Familie die Herrschaft an sich gerissen hat, wollen sie einen Krieg beginnen, um alles Land in ihren Besitz zu bringen. Wir müssen das unbedingt verhindern!"

Na toll, soeben wurde das Stresslevel noch erhöht. Nun müssen wir auch noch das gesamte Reich retten. Es wird Zeit, dass ich aus diesem absurden Traum wieder aufwache. Aber nichts dergleichen geschieht. Oder doch, draußen vor dem Eingang verdunkelt sich der ohnehin schon düstere Waldhimmel noch mehr. Die weiß-lila Wunschwolke hat sich vor das Tor der Kammer geschoben. Was hat das nun schon wieder zu bedeuten? Später - als wir wieder sicher in meiner Wohnung angekommen sind - erklärt mir Elias, er habe sich gewünscht, dass die Wolke uns vor Gefahr schützen und uns rechtzeitig zurückbringen möge. Zu diesem Zeitpunkt haben sich die Mönche bereits aufgemacht uns zu suchen, egal in welcher Welt. Sollten sie herausfinden, dass wir in ihrem Kloster gewesen sind, würden sie sicherlich vor Wut schäumen und uns noch nachdrücklicher verfolgen. Kein angenehmer Gedanke.

## Wieder zurück

Die Wunschwolke transportiert uns beide wieder zuverlässig in mein eigenes Zuhause, das aussieht, als wäre es von einem Wirbelsturm heimgesucht worden. Jemand hat sich Zugang zu meinem Appartement verschafft und alles durchwühlt. Soweit ich sehen kann, wurde nichts gestohlen. Es wird bestimmt länger dauern alles wieder aufzuräumen, aber das bin ich ja eigentlich gewohnt.

Trotzdem ist es schön wieder bei mir zu sein, in meinem Leben und meiner gewohnten Umgebung. Hier kenne ich mich aus und fühle mich eher in der Lage nachzudenken.

Es dauert tatsächlich nicht lang und ich habe eine Idee: „Elias, was meinst Du, sollen wir nicht einmal mit Aaron reden? Eigentlich ist er doch in der gleichen Lage wie Du und er hat Dein Alter, im Grunde genommen geht es um Euch beide, er soll schließlich Dein Reich regieren, etwas, was Dir zusteht. Vielleicht ist es sogar besser, wenn Du Dich allein mit ihm triffst. Er kennt mich nicht und meine Anwesenheit würde nur schwierig zu erklären sein."

Außerdem hätte ich dann eine Erholungspause, aber das sage ich lieber nicht laut.

Elias schaut nachdenklich drein: „Das könnte tatsächlich eine gute Idee sein. Einmal habe ich ihn von Ferne gesehen und ich weiß, in welchem Gebiet sich seine Familie niedergelassen hat."

Wow, Elias hat mich gelobt, irgendwie. Immer noch verzückt, lausche ich ihm weiter.

„Ich werde jetzt gehen und einen Weg suchen, um mit ihm allein Kontakt aufzunehmen. Niemand anderer darf davon erfahren. Sobald ich mehr weiß, werde ich mich wieder melden."

Mir liegt auf der Zunge zu sagen: „Versuchs doch durch Deine Träume," aber das ist wohl nicht angebracht. Elias und Aaron leben in der gleichen Zeit und haben es sicherlich nicht nötig sich ihrer Träume zu bedienen, wenn sie miteinander reden wollen. Noch während ich darüber nachdenke, höre ich meine Wohnungstür leise ins Schloss fallen. Elias ist gegangen.

Ich weiß nicht, wie er es macht, aber tatsächlich gelingt es Elias Aaron persönlich zu treffen. Komischerweise verstehen sich die beiden jungen Männer von Anfang an, so als wären sie Brüder. Und beide sind in einer ähnlichen Situation: Dem einen wurde es etwas weggenommen, was ihm zusteht, der andere soll etwas bekommen, was er gar nicht will. Wie sich herausstellt, will Aaron viel lieber Hirte sein als Herrscher. Da er aber nicht glaubt, seine ehrgeizige Familie überzeugen zu können, verabredet er mit Elias, die königliche Rune zu beschaffen und ihm heimlich auszuhändigen.

## Elias bekommt, was er will

Es dauert einige Zeit bis das gelingt.

In dieser Zeit schaut Elias manchmal bei mir vorbei, um mich auf dem Laufenden zu halten und ich freue mich jedes Mal über seinen Besuch. Schließlich bringt er noch immer Abwechslung in mein Leben, auch wenn ich langsam begreife, dass sein Leben nicht meins sein kann. Der Mann meiner Träume ist mir zu einem guten und vertrauten Freund geworden. Mir ist inzwischen klar, dass wir zu unterschiedlich sind und dass unsere unterschiedlichen Lebenszeiten Gemeinsamkeiten kaum zulassen.

Dann, eines Tages, ist es soweit. Aaron hat die Rune beschafft und übergibt sie Elias in seiner Welt. Damit kann Elias seinen Thronanspruch beweisen und Aaron in Frieden Schäfer werden. Und genauso geschieht es. Bevor sich Elias jedoch seinen neuen Aufgaben widmet, kommt er nochmal vorbei, um sich zu verabschieden.

„Marie, ich möchte Dir danken. Ohne Deine Hilfe wäre das alles nicht möglich gewesen. Was wünschst Du Dir am meisten?"

Ich bin hingerissen, ein Mann fragt mich tatsächlich nach meinen Wünschen und ich muss nicht lange überlegen: „Am liebsten hätte ich einen Platz, den ich mein eigen nenne, wo ich zusammen mit Pferden und anderen Tieren leben kann und den ich mit Gleichgesinnten teilen möchte." Wie man sieht hat seine Art zu sprechen bereits auf mich abgefärbt.

Elias braucht nicht lange, um zu antworten: „So soll es sein, dieser Wunsch wird Dir als Dank für Deine Hilfe erfüllt werden. Aber nun muss ich gehen, meine Zeit in Deiner Welt ist abgelaufen. Sollten wir uns nicht wiedersehen, sei Dir gewiss, in Deinen Träumen werde ich immer in Deiner Nähe sein. Lebewohl."

Was? Hat er das tatsächlich gesagt? Das geht mir jetzt doch etwas zu schnell. Einverstanden, lange Abschiede sind nicht schön, aber so kurze auch nicht. Plötzlich ist er weg. Vor meinem Wohnzimmerfenster zieht eine weiß-lila Wolke vorüber.


Und ich bin wieder allein mit mir und meinem Leben. Der Alltag kommt zurück, dennoch bin ich ausgeglichener und glücklicher als noch vor einem Jahr. Immerhin habe ich etwas erlebt.

Wieder vergehen einige Wochen, wieder ist es Hochsommer und immer noch schaffe ich es mein Leben zu bewältigen mit allen Pflichten und Freuden. Übersetzungsaufträge bearbeite ich mittlerweile zuverlässig, ich achte mehr auf meine Ernährung, trinke weniger Rotwein und überrede mich selbst regelmäßig nach draußen zu gehen und meine vier Wände sich selbst zu überlassen.

## Die Überraschung

Dann, an einem Dienstagmorgen klingelt es an meiner Wohnungstür. Ein Postangestellter steht davor und überreicht mir ein Einschreiben. Überrascht stelle ich fest, es handelt sich um eine Vorladung für nächsten Morgen bei einem Notariat um die Ecke. Vielleicht meint es das Schicksal gut mit mir und ich habe eine reiche, mir bisher unbekannte Erbtante?

Wie sich am nächsten Tag herausstellt, meint es das Schicksal tatsächlich gut mit mir. Der Notar überreicht mir eine Besitzurkunde für ein großes Grundstück im Hinterland und einen Scheck über einen hohen Geldbetrag. Dieser Scheck ist zweckgebunden, davon soll ich mir einige Pferde anschaffen und Unterkünfte auf meinem neuen Grundstück bauen und dafür habe ich genau ein Jahr Zeit ab heute. Der Rest, der übrig bleibt, soll für die laufenden Kosten verwendet werden. Der Auftraggeber möchte nicht genannt werden. Der Scheck ist von einer Holding ausgestellt.

Als ich etwas verwirrt und sehr überrascht nach dem Termin beim Notar wieder auf der Straße stehe, kann ich die warmen Sonnenstrahlen fühlen. Doch als ein Autofahrer erbost hupt, weil ich die Straße überqueren wollte ohne den Verkehr zu beachten, erst da weiß ich es mit Sicherheit: Es ist kein Traum. Was immer an diesem Morgen geschehen ist, es ist kein Traum. Und erst als ich sicher das nächste Café erreicht habe und mein geliebter Milchkaffee vor mir steht, kann ich wieder etwas klarer denken. Mir fällt Elias ein und sein Versprechen, meinen größten Wunsch wahr werden zu lassen.

„Danke Elias!"

Hoppla, vielleicht sollte ich doch lieber einen Feigenschnaps bestellen, wie soll Elias einen Scheck ausstellen können? Und woher sollte er so viel Geld haben? Noch dazu in der Währung meines Lebens. Das passt alles nicht zusammen. Aber jetzt gibt einiges zu tun.

Wieder zuhause angekommen, schalte ich meinem Laptop ein und vergleiche die Grundstücksbesitzurkunde mit dem online-Satellitenbild der Region. Da! Da ist es mein Grundstück: es ist wirklich ziemlich groß und ein Teil der hügeligen Landschaft, die dort so typisch ist. Im Hinterland gelegen umfasst es mehrere Hektar, einige Täler und sanfte geschwungene Anhöhen, die auf ihrer höchsten Linie bewachsen sind mit hohen Bäumen. Die Täler sind verbunden durch einen kleinen Fluss, der mittendrin ausufert in einen nicht sehr kleinen natürlichen See. Obwohl ich das Grundstück noch nicht analog, sprich in der Realität gesehen habe, bekomme ich bereits Ideen, wie es nach meinem Wünschen umgestaltet eines Tages aussehen wird. Der kleine See wird natürlich für die Pferde zugänglich sein, dort können sie plantschen, spielen, trinken und sich an heißen Sommertagen abkühlen. Aber auch die menschlichen Bewohner sollen dort schwimmen dürfen, schließlich ist er groß genug für alle.

In einem Teil des sicherlich fruchtbaren Flussufers möchte ich einen Gemüsegarten anlegen. Und nicht zu vergessen, Offenställe für die Pferde, damit sie sich so frei wie möglich fühlen können und ein Holzhaus für mich und für die Gäste? Vielleicht Indianerzelte? Oder noch mehr Holzhäuser?

Ich bin so voller Pläne, dass ich am liebsten sofort hinfahren möchte. Aber morgen ist auch noch ein Tag und für heute ist genug geschehen in meinem Leben. Voller Vorfreude bestelle ich mir ein kleines Mietauto für morgen.


## Ein Traum wird wahr


Bewaffnet mit meinem Smartphone und der vorher herausgesuchten Route, mit einigen Sandwiches und nicht zu vergessen einigen Flaschen Wasser, mache ich mich am nächsten Morgen auf den Weg. Nach knapp einer Stunde Fahrzeit auf relativ guten Landstraßen mit wenig Verkehr, die mich weg vom Meer ins Landesinnere führen, komme ich an eine Abzweigung nach rechts. Eine sehr kleine, aber immerhin asphaltierte Straße, biegt hier ab und mein Routenplaner weist mich in diese Richtung. Weit und breit ist kein weiteres menschliches Wesen zu sehen. Natur, Hügel, die jetzt im Sommer kaum noch grün sind und ein leichter Wind, der die Gräser am Straßenrand bewegt, ist das, was mich umgibt. Was Viele vielleicht als öde und einsam empfinden würden, ich liebe es schon jetzt. Ein Greifvogel oben am Himmel begleitet mein Auto eine Zeit lang, so als würde er mich willkommen heißen.

Nach ein paar Kilometern, die ich möglichst langsam die kleine holprige Straße entlang fahre, um meine Mietwagenkaution nicht zu gefährden, komme ich an eine erneute Anhöhe und genau von dort aus sehe ich mein eigenes Grundstück zum ersten Mal. Es beginnt links neben dem Weg und ich erkenne es sofort anhand der Satellitenbilder, die ich am Vorabend studiert habe. Da fällt das Gelände nach unten und dort sind die Hügel und die Täler und der Fluss und der See. Gut, es schaut aus, wie der Rest der Landschaft, aber ich kann spüren, das ist mein neues Zuhause und mein neues Leben.

Ich lasse den Wagen stehen und mache mich auf, meinen Besitz zu Fuß zu erkunden. Glücklicherweise nehme ich eine Flasche Wasser mit, denn es dauert länger als ich dachte alles abzulaufen. Die größte Überraschung erwartet mich am Ufer des kleines

Sees. Dort liegt ein großer, flacher Stein und in seiner Mitte ist eine mir wohlbekannte Rune eingemeißelt.

„Danke Elias," ist schon wieder alles, was mir dazu einfällt.

In den nächsten Wochen und Monaten kann ich Elias` Gegenwart fast spüren, obwohl er natürlich nicht da ist. Aber irgendjemand scheint seine schützende Hand über mich und mein neues Leben zu halten, denn alles klappt völlig problemlos, eine völlig neue Erfahrung für mich. Die nötigen Behördenbesuche und die Erteilung der erforderlichen Genehmigungen für meine Besiedelungspläne bringe ich fast mit links hinter mich. Kompetente und nette Arbeiter finden sich wie von selbst und sobald es sich herumgesprochen hat, dass sich eine junge Deutsche in diesem Gebiet ansiedeln möchte, kommen immer öfter vor allem portugiesische Besucher vorbei, die mir wertvolle Tipps geben zu der Bodenbeschaffenheit, dem Klima während des ganzen Jahres, die regionalen Anbaumethoden, was am besten hier wächst, allerlei über Pferdehaltung und wo und wie man hier Pferdefutter anbaut oder kauft.

Um ein noch besseres Gefühl für meinen neuen Ort zu bekommen, kaufe ich mir kurzerhand einen kleinen gebrauchten Caravan, der für die nächsten Wochen überwiegend mein Zuhause ist. Nur an den Wochenenden fahre ich manchmal in mein Appartement, um Wäsche zu waschen und die Vorzüge eines richtigen Bades und einer richtigen Küche zu genießen. Dann besuche ich auch meine Katze, die ich vorübergehend bei einer Nachbarin untergebracht habe, denn ein Leben in der Wildnis möchte ich ihr noch nicht zumuten. Nach zwei Tagen zieht es mich immer wieder zurück in das Hinterland.

Und nicht nur bei den Menschen hat sich die neue Bewohnerin in dem Caravan herumgesprochen. Eines Morgens wache ich von einem Kratzen an meiner Wohnwagentür auf. Als ich verschlafen öffne, sitzen da zwei Freunde und sehen mich erwartungsvoll hechelnd an, ein kleiner kurzhaariger brauner Hund und sein mittelgroßer, schwarzer und langhaariger Begleiter. Sie haben beide kein Halsband um und beschließen einzuziehen. Niemand kennt sie, niemand weiß, wo sie hergekommen sind und eigentlich interessiert das auch niemanden. Auf alle Fälle habe ich von jetzt auf gleich zwei Hunde, die sich übrigens vorbildlich benehmen und schon bald beginnen ihr neues Grundstück zu bewachen. Da viele Menschen seltsamerweise Angst vor schwarzen Tieren haben, kann ich sehr beruhigt schlafen, ein größerer schwarzer Hund ist sehr wahrscheinlich gefährlich, egal wie nett er eigentlich ist und wahrscheinlich wäre sogar ein schwarzer Chihuahua als gefährlich einzustufen, bei dieser Art von Aberglauben.

Also mal sehen, zwei Hunde sind schon da und eine Katze, die zur Zeit noch woanders wohnt. An Tieren fehlen nur noch Hühner und Pferde. Hühner kann ich jederzeit auf einem der regionalen Bauernmärkte kaufen und dann weiß ich, dass es Eierlieferanten sind, die hier aus der Gegend kommen und das Klima gewohnt sind. Ein Bauer hat mir verraten, woran man merkt, dass es wirklich Hochsommer ist: wenn die Hühner hecheln! Das machen sie übrigens tatsächlich, wenn ihnen heiß ist, und ich entschließe das zukünftige Hühnergehege mit Zugang zum Fluss zu platzieren. So kann sich das Federvieh mit den Füßen abkühlen, wenn es will. Pferde zu bekommen wird auch nicht schwierig sein. Nicht sehr weit weg von meinem neuen Zuhause gibt es eine Hilfsorganisation, die Pferde aus schlechter Haltung aufnimmt, gesund pflegt und gegen eine Schutzgebühr an gute neue Zuhause wieder abgibt. Durch das Geld, das ich bekommen habe, bin ich in der glücklichen Lage mir bereits jetzt schon einige dieser Pferde aussuchen zu können.

Für mich und meine Haustiere gebe ich den Bau eines einstöckigen Holzhauses in Auftrag, für Besucher oder Mitbewohner möchte ich möglichst originalgetreue Indianerzelte anfertigen lassen, geräumig und in der Mitte mit einer Feuerstelle. Was ich mir aber am meisten wünsche, ist ein friedliches Miteinander von Mensch und Tier. Im Idealfall werden sich die Pferde und Hunde größtenteils frei auf dem Grundstück bewegen dürfen und die Menschen, die hier zu Besuch sind und eine Auszeit verbringen wollen, werden Rücksicht darauf nehmen. Vor meinem inneren Auge ist schon alles klar erkennbar. Nicht umsonst habe ich die Phantasiereisen mit Elias trainiert, mittlerweile fällt es mir sehr leicht, mir etwas bildlich in allen Einzelheiten vorzustellen.

Dabei fällt mir ein, dass ich einem meiner esoterischen Ratgeber in meiner damaligen Selbstfindungsphase etwas Interessantes gelesen habe: es gibt die Ansicht, dass Wünsche umso eher Wirklichkeit werden, umso detaillierter man sie sich vorher ausmalt. Vielleicht ist das nicht für jeden gültig, aber bei mir stimmt es. Wie bei einem Puzzle kann ich jeden Tag ein weiteres Teil auswählen und meine Vision Wirklichkeit werden lassen, eine Zukunftsphantasie, die ich schon sehr lange verfolge und mir deshalb schon zur Genüge vorgestellt habe.

Es ist beinahe so, als würde ein guter Zauber über meinem Vorhaben liegen, ich treffe wie von selbst geeignete Menschen, die mir beim Bau des Holzhauses, der Anfertigung der Tipis und der Gestaltung meines neuen Zuhauses helfen können.

Und mehr noch. Mein Vorhaben hat sich in der Gegend herumgesprochen und an einem kühlen Dienstagmorgen steht unerwartet ein junges australisches Pärchen mit Reiserucksäcken vor meinem neuen hölzernen Eingangstor, verbellt von meinen „Wachhunden" Toby und Ben. Wie sich herausstellt haben sie in einem Café von mir gehört und wollen gegen Kost und Logis tatkräftig bei der Verwirklichung meines Lebenstraums mithelfen. Caroline und Sam sind unterwegs, um Europa zu erkunden.

Sie kommen wie gerufen, Sam ist Schreiner und Caroline eigentlich Yogalehrerin und an so manchen Abenden sitzen wir zusammen und planen die Zukunft meines Projekts. Sie helfen mit Unterstände für die Pferde aus Holz zu bauen und pferdegerechte Zäune zu ziehen. Meine zukünftigen Pferde werden in einer Herde leben mit sehr viel Platz und Offenstallhaltung. Hier soll sich niemand mehr eingeengt fühlen und alle Pferde werden Zugang zum See haben.

Es gibt so viel zu tun, dass ich gar nicht auf den Gedanken komme, mich einsam zu fühlen und ich liege gut im Zeitplan: Die Pferde und Hühner ziehen ein. Die Tipis werden nach und nach geliefert und in einem großen Kreis aufgebaut, sanitäre Anlagen und eine Außenküche entstehen und das Holzhaus, in dem ich mit den Hunden und der Katze wohnen werde und das etwas weiter weg oben auf einem Hügel gebaut wird, nimmt Gestalt an. Wenn mir danach sein sollte, kann ich mich zurückziehen in meine eigenen vier Wände.

Caroline und Sam sind irgendwie hier hängen geblieben und wohnen in einem weiteren Caravan, den ich besorgt habe. Sie helfen mir eine Website zu gestalten, denn schließlich möchte ich meinen Ort und meinen Traum mit anderen Menschen, die ähnliche Sehnsucht nach Ruhe, Natur und Tieren haben, teilen. Abgesehen davon ist genau das ein Teil der notariellen Abmachung.

Dann ist es soweit. Alles ist fertig und die ersten Gäste könnten kommen. Es wird sicherlich dauern, bis sich meine Art von Urlaub und Erholung herumgesprochen hat und klar, jeder fängt mal klein an.

Bald jedoch gibt es die erste Buchung für nächsten Tag, der erste Gast hat sich angesagt.

Zur verabredeten Zeit höre ich den starken Motor eines Geländewagens, noch bevor ich ihn sehe. Langsam fährt er mit getönten Scheiben durch das geöffnete Holztor und rollt in der Nähe der Tipis aus. Fast muss ich kichern, als mein Gast aussteigt, einerseits aus Nervosität, aber andererseits ist der Mann wirklich lustig, er hat einen Cowboyhut auf und trägt Cowboystiefel. Dann dreht er sich zu mir um, nimmt den Hut ab und ich blicke in ein sehr vertrautes Gesicht.

„Hallo Marie, mein Name ist Elias."

Später am Abend erzählt er mir seine Geschichte.

### Die Geschichte von Elias

Viele Kilometer entfernt von meinem Wohnort in einem anderen Land lebt ein junger Mann glücklich und zufrieden ohne finanzielle oder private Sorgen. Er hat sich ein schönes Leben eingerichtet mit einer wohlhabenden Familie und einer sehr attraktiven Verlobten. Seine Tage verbringt er am liebsten auf dem Golf- oder Tennisplatz und seine Abende in teuren Restaurants oder Nachtclubs.

Alles wäre so schön weitergegangen, wäre da nicht dieses verhängnisvolle Ereignis gewesen, als ihm eines Nachts auf der Heimfahrt ein anderer Autofahrer die Vorfahrt nimmt und es zu einem folgenschweren Unfall kommt.

Der bis dahin ziemlich glückliche junge Mann fällt als Folge des Verkehrsunfalls in ein Koma und verbringt die nächsten Wochen im Krankenhaus. Bedauerlicherweise bessert sich sein Zustand nicht wie erhofft und er liegt nun schon lange Zeit im Koma. Seine Familie und Freunde haben die Hoffnung, dass er jemals wieder aufwachen könnte, aufgegeben. Sie kommen ihn deshalb nur noch sehr selten besuchen und kümmern sich um ihre eigenen Leben und ihre eigenen sogenannten Probleme. Sogar seine Verlobte kommt immer seltener vorbei, obwohl sie sich früher durch eine Heirat eine finanziell sorgenfreie Zukunft ausgemalt hat. Es wird Zeit für sie sich nach einem anderen geeigneten Partner umzusehen, denn auch sie möchte lieber nichts mehr mit dieser betrüblichen Angelegenheit zu tun haben.

Es gibt etwas, das all diese Menschen nicht ahnen: der junge Mann mit einem alten Namen wartet sehnsüchtig auf einen anderen Menschen, der ihm ungeteilte Aufmerksamkeit und Gefühle schenkt. Er weiß, das ist seine einzige Chance, um den Anschluss an das Leben nicht zu verlieren. Er ist bereits dabei aufzugeben, weil er die zunehmende Gleichgültigkeit und Kälte seiner Umgebung spürt und klammert sich nur noch an die Hoffnung jemand zu treffen, der ihm wichtig genug ist, um wieder aufzuwachen.

Doch die Tage und Wochen vergehen und seine Hoffnung wird immer schwächer. Als es fast schon zu spät ist, hat er einen merkwürdigen Traum. Er weiß nicht, ob es Tag oder Nacht ist, in seinem Zustand ist alles eins und geträumt hat er schon lange nicht mehr. Doch es geschieht, er träumt von einer jungen Frau und einer komischen Wolke und Mönchen und einem Leben vor langer Zeit. Zuerst sieht er das alles nur, aber dann fängt diese Frau an mit ihm persönlich zu reden. Er weiß nicht, wie das möglich ist, aber er findet es schön. Als wären seine Wünsche in Erfüllung gegangen, ist plötzlich jemand da, die sich für ihn interessiert. Insgeheim freut er sich schon auf den nächsten Traum und den nächsten. Er erlebt traumhafte Abenteuer mit dieser Frau, mittelalterliche Szenen, böswillige Mönche und ein flacher Stein mit einer kranzförmigen Gravur bleiben ihm im Gedächtnis. Er hört Namen wie „Aaron" und „Marie" neben seinem eigenen Namen. Sein Interesse am Leben kehrt mehr und mehr zurück. Was er nicht wissen kann ist, dass diese Marie genauso sehnsüchtig auf ihre Träume wartet wie er.

Er verspricht sich selbst, sollte er jemals wieder aufwachen, er wird diese Frau, die ihm dabei mehr als alle anderen geholfen hat, finden und all ihre Wünsche erfüllen. Er weiß durch seine Träume, wie sie aussieht, er weiß wie ihre Wohnung aussieht, er weiß wie die Umgebung ihrer Wohnung aussieht und er kennt ihren Namen.

Und dann wacht er auf und weiß was zu tun ist. Sobald es ihm möglich ist, leitet er alles in die Wege.